콜24

김유철
장편소설

네오픽션

차례

......

여자의 등은 단호하게 하늘을 향하고 있다.

등을 돌린 채, 저수지의 바닥을 바라보고 있다. 바닥의, 깊은 어둠을 굽

어보고 있다.

......

창백한 어둠 속에 시선을 풀어

......

쏟아지는 눈물을 닦지도 못하고,

......

* 조동범의 시 「저수지」 중에서(『카니발』, 문학동네).

뽀드득.

발을 디딜 때마다 도둑눈이 내린 새하얀 벽지 위로 길게 발자국이 남았다. 새벽 기온이 영하 5도라고 했지만 해나의 얼굴에 부딪치는 바람은 훨씬 더 차갑고 매서웠다. 숨을 내쉴 때마다 하얀 입김이 눈꽃처럼 피어올랐다. 한 발자국, 한 발자국. 해나는 잠시 호흡을 가다듬으며 왔던 길을 되돌아봤다. 회색 톤의 10층짜리 건물이 우뚝 솟아 있었다. 불빛이 새어 나오는 곳은 없었다. 차가운 바람 때문인지 아니면 기분 탓인지 해나의 눈자위가 발갛게 물들었다. 손등으로 눈 주위를 훔치며 해나는 다시 천천히 앞으로 걸음을 옮겼다.

주위를 둘러싼 나무들은 하얀 설탕가루를 뒤집어쓴 것처럼 보였다. 그 위로 다시 눈송이가 날리기 시작했다. 해나는 걸음을 멈추고 잠시 하늘을 올려다보았다. 회색빛 구름 사이로 손톱 크기만 한 함박눈이 떨어져 내렸다. 해나는 휴대폰의 볼륨을 최대로 높였다.

> I close my eyes and fly away 이제 난 떠나네
>
> Here we go 어디로 Here we go 어디로
>
> Here we go 저 어둠 속으로
>
> I pray the lord my life to take 이제 널 떠나네
>
> We must go 어디로 We must go 어디로
>
> We must go 저 평온 속으로*

창백한 얼굴로 해나는 노래를 따라 불렀다. 그리고 잠시 동안 눈을 감고 심호흡했다.

"제발, 저 어둠이 사라지지 않기를."

혼잣말로 간절히 기도했지만 저수지를 둘러싼 숲속에도 어느새 푸르른 여명이 밝아오고 있었다. 해나는 멍하니 서서 함박눈이 내리는 저수지를 바라봤다. 저수지의 표면은 거울처럼 매끄러웠다. 하늘에서 떨어진 눈송이는 저수지 경계면에 부딪치자마자 흔적도 없이 사라졌다. 해나는 한 발자국 더 앞으로 걸어 나갔다.

"춥지 않을 거야."

* 에픽하이의 노래 〈유서〉 중에서.

해나는 습관처럼 주먹을 꼭 쥐었다.

"춥지 않을 거야. 용기 내, 해나야."

1

조 변호사가 김을 찾은 건 2월 초순이었다. 앙상한 은행나무에 새순이 드러날 무렵이었고 낮과 밤의 기온차가 심해진 탓인지 독감이 전국에 유행하고 있었다. 점심을 먹은 후 김은 머그컵 가득 커피를 타서 책상으로 가져갔다. 검은색 가죽 소파에 앉아 신문을 읽고 있을 때 사무장이 능글거리는 미소를 지으며 들어왔다.

"조 변호사님 오셨어요."

조 변호사는 김보다 학번이 4년 아래 후배였지만 김과 같은 해 고시에 합격하여 연수원 동기가 되었다. 강건한 성격에 의협심이 강해서 공직 생활과는 맞지 않아 결국 검사 생활 2년 만에 옷을 벗고 인권변호사로 활동을 시작했다. 시민 단체나 재야인사들과 만날 기회가 많아지면서 자연스럽게 정치적인 색깔도 한쪽으로 치우쳤다. 1년 전 동문 변호사 모임에서 본 것이 마지막이었다.

"선배, 오랜만이에요."

사무실 안으로 들어선 조 변호사는 전보다 살이 좀 빠진 것 같았다. 피부도 푸석해지고 안색도 좋아 보이지 않았다.

"연락도 없이…… 무슨 일이야?

"오랜만인데 반응이 왜 그래요. 반갑지 않아요?"

소파에 앉으며 조 변호사가 농담처럼 대꾸했다.

"무슨 그런 섭섭한 소릴……."

김은 사무실 살림을 맡고 있는 이 과장에게 커피 부탁을 하고 나서 맞은편 소파에 다시 앉았다. 감색 정장을 입은 조 변호사는 서류 가방에서 담배를 꺼내 입에 물었다.

"여기 금연이야."

"선배, 담배 끊었어요?"

"3개월 됐어…… 언제부터 피우기 시작한 거야?"

그녀는 '피식'하는 웃음과 함께 입에 물었던 담배를 다시 담뱃갑 속에 집어넣었다. 대신 파일 하나를 꺼내 테이블 위에 올려놓았다.

"현장에 치이다 보니 느는 건 술과 담배뿐이네요."

"세상이 생각만큼 만만치가 않지?"

평소의 조 변호사답지 않게 미소만 지었다. 피곤해 보이는 얼굴이 그동안의 변호사 생활을 대변해주고 있었다. 유전무죄, 무전유죄를 만들지 않겠다는 각오로 그녀는 검사 생활을 접자마자 공단 지역과 가까운 곳에 변호사 사무실을 개업했다. 외국인 근로자들과 철거민들, 일명 닭장으로 통하는 하숙집에 모여 사는 일용직 노동자들과 해직 근로자들이 그녀의 주요 고객이었다. 하지만 그들과 함께한 시간만큼 조 변호사는 비관주의자가 되어버린 것 같았다.

"신념이 건강까지 책임져주지는 않아. 몸도 좀 챙겨가면서……"

"그래서 선밸 찾아온 거예요."

"무슨 뜻이야?"

"선배 말대로 몸을 좀 챙겨야 할 것 같아서요."

조 변호사는 테이블 위에 놓인 파일을 눈으로 가리키며 말을 이었다.

"도와주세요. 다른 건 몰라도 이건 끝까지 제가 책임지고 싶거든요."

"그보다……"

"암이래요."

"뭐?"

놀란 얼굴로 김이 반문했다. 그녀는 별것 아니라는 듯 어깨를 으쓱이고는 소파 등받이에 상체를 기댔다.

"일주일 됐어요. 가슴에 몽우리 같은 게 만져져서 혹시나 하고 검사해봤는데 유방암 진단이 나왔어요."

"심각한 거야?"

"아뇨. 다행히 림프절로 전이되지 않았고 종양의 크기도

1.5센티미터 정도래요. 수술로 완치될 수 있지만 당분간 일을 접고 안정을 취해야 한다……. 그게 담당의사의 소견이에요."

원두커피를 들고 오던 이 과장이 조 변호사의 이야기를 들으며 안타까운 표정을 지었다. 그러고 보니 이 과장도 조 변호사와 안면이 있었다. 사무장과 이 과장 모두 김과 함께 사무실 원년 멤버에 속했다. 그녀 역시 이곳에서 근무하며 결혼도 하고 두 아이의 엄마가 되었다. 조 변호사의 손을 꼭 쥐며 위로를 건네는 이 과장에게 그녀는 화답하듯 말했다.

"항암치료와 방사선치료를 받아야 하지만 생존율 99퍼센트래요. 걱정하지 마세요."

안도하는 이 과장의 모습을 보면서 김이 물었다.

"암 수술을 직전에 두고도 포기할 수 없는 사건이란 건 또 뭐야?"

"재석이란 친구가 있어요."

조 변호사는 탁자 위에 있는 파일을 김에게 내밀며 대꾸했다.

"누구지?"

김은 조 변호사가 건넨 파일을 펼치며 다시 물었다.

"방위산업체에서 근무하던 친구예요."

"그런데?"

"강간치사 및 특례법위반 혐의로 재판을 기다리고 있어요."

"형사사건이군."

조 변호사의 얼굴에 미소가 일었다. 김은 그녀의 표정을 보며 미간을 찡그렸다.

"왜 그래, 무섭게……."

"일단 서류부터 검토하시고, 그다음, 제 부탁을 들어줄지 말지 결정해도 된다는 뜻이에요."

"피해자는?"

"그 친구의 고등학교 후배."

김은 서류를 넘기며 피해자의 신원을 확인했다. 마이스터고 3학년 김해나.

"퇴근하기 전에 연락 주실래요?"

김은 A4지 앞장에 붙어 있는 노란색 메모지로 눈길을 돌렸다. 조 변호사 특유의 둥글둥글한 필체로 '꼭 부탁드려요, 선배님. 암 수술을 받으러 가는 후배의 마지막 소원일지도 모르니까'라고 적혀 있었다.

"이 쪽지는 뭐야? 무언의 협박처럼 들리잖아."

"그럴지도 몰라요."

소파에서 일어서며 조 변호사가 대답하자 김도 얼떨결에 자리에서 일어났다.

"벌써 가려고?"

"환자잖아요, 내일 수술받는."

"내일이 수술이라고?"

동그란 눈으로 바라보는 김에게 그녀는 옅은 미소를 건넸다.

"메모지 밑에 재석 군에 대한 신상을 조금 적어놨어요. 그리고 시간 없단 말은 하지 마요, 선배."

2

    피해자의 시신은 회동저수지 주변에서 데이트를 즐기던 연인들에 의해 발견되었다. 1월 17일. 며칠 동안 계속된 이상기온으로, 얼었던 저수지가 녹으면서 시신이 떠올랐다. 피해자의 점퍼에서 신원을 확인할 수 있는 학생증과 체크카드가 나왔다. 그녀는 열흘 전 실종 신고가 된 상태였다. 부검 결과 외부의 뚜렷한 타살 흔적은 발견되지 않았다. 혈액희석으로 인한 심기능장애와 입 주변부의 흰색 포말은 익사체에서 흔히 볼 수 있는 전형적인 기전(機轉)이라는 내용도 검안서에 첨부되어 있었다.

    "뭘 그렇게 보고 계세요?"
    등 뒤에서 사무장의 목소리가 들려왔다. 김은 몸을 움찔거리며 고개를 돌렸다.
    "깜짝이야……. 언제 들어왔어요?"
    "몇 번 노크했는데……. 놀라셨다면 죄송합니다."
    사무장은 중년 특유의 능글거리는 말투로 김에게 사과했다.
    "조 변호사님이 가져온 사건 파일인가요?"
    "네."
    "노크 소리도 듣지 못할 만큼 집중하시는 걸 보니 뭔가가 있군요."
    사무장은 김의 눈치를 살피며 입을 열었다.
    "찜찜한 게 몇 가지 있네요."

"뭔데요?"

소파로 걸어가며 사무장이 물었다.

"검시 결과요."

사무장은 "음" 하고 짧은 소리를 내뱉었다.

"고등학생이라고 하지 않았나요?"

"그래서 마음에 걸려요."

"폭행의 흔적은요?"

김은 좌우로 도리질을 치며 서류 한 장을 넘겼다.

"DNA 검사 결과는 나왔나요?"

"윤재석……. 이번 사건의 용의자예요."

"그래서 경찰의 의심을 받았군요."

"문제는 피해자의 질 내 중간과 끝에서 정액반응이 나타났다는 거예요. 관계를 가진 직후에 사망했을 가능성이 높은 거죠. 피해자 주변 친구들을 탐문한 결과도 좋지 않아요. 피해자와 용의자는 선후배 사이일 뿐, 연인 사이는 아니라는 증언이 나왔으니까."

"준강간?"

"하지만 단순한 사건은 아니란 생각이 들어요."

"왜죠?"

"사건의 전개상 경찰이나 검찰이 피고인에게 치사 혐의를 씌우는 건 무리가 있거든요. 거기다 조 변호사요. 20년 가까이 지내면서, 이번처럼 제게 직접 찾아와 부탁한 적이 없었어요. 단한 번도……. 그녀와 친하게 지내는 인권변호사들도 많은데, 굳이 저한테 그 친구의 변호를 맡긴 이유를 모르겠어요."

"듣고 보니 이상하네요."

사무장은 오른손을 자신의 턱밑으로 가져가며 심각한 표정을 지었다. 김은 길게 한숨을 내쉰 뒤 판지파일에 붙어 있는 메모지로 다시 눈길을 돌렸다.

꼭 부탁드려요, 선배님. 암 수술을 받으러 가는 후배의 마지막 소원일지도 모르니까.

3

한 달 평균 스무 건이 넘는 재판을 진행해야 하는 빠듯한 일정이 몇 달째 이어졌다. 거기다 형사사건은 들어가는 시간과 노력에 비해 돈이 되지 않는다. 사무장 역시 비슷한 이유를 들어 이 사건을 맡는 데 반대했다. 김은 시무룩한 표정으로 책상 의자에 앉아 있다가 결심한 듯 휴대폰을 집어 들었다. 사무장과 이 과장은 이미 퇴근한 뒤였다. 오후 여섯시를 조금 넘겼을 뿐이지만 창밖은 어둠에 물들어 있었다. 김은 몇 분 동안을 망설이다가 통화 버튼을 눌렀다.

"그렇잖아도 기다리고 있었어요, 선배. 사건 파일은 확인했어요?"

"응."

"결정은요?"

"그게……."

김은 뒷말을 잇지 못하고 잠시 침묵했다. 그사이 조 변호사가 조심스럽게 말을 걸어왔다.

"내키지…… 않으세요?"

"그런 뜻은 아냐. 하지만 걸리는 게 있어서……."

"뭔데요?"

"왜 그 친구 변호를 맡기로 한 거야?"

수화기 너머로 조 변호사의 웃음소리가 조그맣게 흘러나왔다.

"난 또……. 그 때문이었어요?"

"말해줄 수 있어?"

"두 달 전쯤 제 사무실에서 만난 적이 있어요."

"누구……? 재석이란 친구?"

"네, 해나와 함께요."

"그래? 무슨 일로? 두 사람……, 어떻게 조 변호사를 알고 찾아간 거지?"

"하나씩 물어보세요, 선배."

그때 휴대폰 속에서 "혈압 체크하겠습니다"라는 앳된 여자의 목소리가 들려왔다.

"입원한 거야?"

"네. 거기다 내일까지 금식을 해야 한다고 간호사가 한 번 더 주의를 주네요."

암 수술을 앞두고도 여유가 있는 걸 보니 여장부답다는 생각이 들었다. 김은 처음 조 변호사를 만났던 대학 시절이 문득 떠올랐다. 제대 후 복학했을 때 그녀는 신입생이었다. 또래 후배들보다 나이가 많아서 '여자 예비역'이라고 불렸는데 남자처럼 털털한 성격이어서 쉽게 친해질 수 있었다.

"여보세요? 살아 있어요?"

"어, 응."

"선배는 참……. 여전하네요. 멍 때리는 거."

"잠시 학창 시절이 생각나서 말야……. 그때랑 지금이랑 조변은 그대로인 것 같아서."

"한결같은 게 좋은 거예요. 지난 몇 년간 그걸 뼈저리게 느끼고 있으니까."

"병까지 들 정도로 말야?"

"그래도 해나처럼 자살까지 가진 않았어요."

"그 아이의 죽음에 책임이라도 있는 듯한 말투잖아."

"반쯤은요."

"뭐?"

"저 때문이에요……. 해나는 살해당한 거나 마찬가지거든요."

"무슨 소리야?"

"제가 이 사건을 포기할 수 없는 진짜 이유예요."

4

보안문을 통과해 접견실 앞에 멈춰 섰을 때 교도관이 무표정한 얼굴로 다가왔다. 김은 그에게 접견신청서 복사본을 내밀었다. 그는 신청서를 훑어본 뒤 습관적으로 몇 가지 주의 사항을 내뱉었다.

"날이 많이 풀렸어요, 변호사님."

출입증을 내밀면서 교도관이 말했다. 선임답게 그는 구치소 접견실을 들락거리는 변호사를 많이 알고 있었다. 김은 그에게 미소를 건넨 뒤 출입증을 목에 걸었다. 그리고 교도관의 지시에 따라 휴대폰을 넘겼다. 유리벽으로 둘러싸인 접견실 중앙에는 탁자와 의자가 놓여 있었다. 김은 자리에 앉자마자 가져온 서류를 펼쳤다.

5분 정도가 지났을 무렵 피고인 신분의 재석이 접견실로 들어왔다. 교도관은 유리벽 밖에서 김과 재석의 모습을 잠시 주시했다. 김이 먼저 재석에게 인사말을 건넸다.

"여기 생활은 견딜 만해요?"

재석은 쑥스러운지 대답 대신 고개만 끄덕였다.

"조 변호사님은 어떠신가요?"

김은 손목시계를 흘깃 보며 말했다.

"좀 있으면 수술이 시작되겠군요."

"아, 네……."

김은 맞은편 의자에 앉아 있는 재석의 얼굴을 천천히 뜯어봤다. 변호사 생활 15년 동안 갖게 된 습관이었다. 시골 청년 같은 소박한 얼굴에 범죄를 저지를 만한 악한 눈빛은 보이지 않았다.

"조 변호사가 신신당부를 하더군, 이 사건을 맡아달라고……."

"제겐 실력 좋은 변호사를 소개해주겠다고 하셨어요."

"글쎄. 실력 있는 변호산지는 모르겠지만."

김은 탁자 위에 펼쳐놓은 서류로 시선을 돌리며 살짝 미소를 지었다.

"검찰의 수사 기록과 조서, 혐의 내용까지 검토하면서 물어보고 싶은 게 많았어요."

재석이 다시 고개를 끄덕였다. 김은 가방에서 꺼낸 500밀리리터 생수를 한 모금 마신 뒤 말을 이었다.

"그 전에 한 가지 궁금한 게 있는데……."

"네."

"두 사람 사이는 어땠나요?"

동그란 눈으로 바라보는 재석에게 김이 서류 한 장을 내려다보며 다시 물었다.

"해나 양과 재석 씨 관계."

잠시 망설이던 재석이 얼굴을 붉히며 입을 열었다.

"선후배 사이였어요."

"후배 이상의 감정은 없었고?"

"무슨 뜻인지……."

김은 넌지시 그를 바라보며 대꾸했다.

"피해자의 몸에서 발견된 재석 씨 정액에 대해 묻고 있는 거예요."

"그건……."

뒷말을 잇지 못하고 재석은 바닥으로 시선을 떨궜다.

"재석 씨가 용의자로 지목받게 된 이유도 그 때문이라는 걸 알고 있죠? 해나가 실종되던 날, 무슨 일이 있었는지 알아야만 제대로 된 변호를 할 수 있어요."

"네."

길게 한숨을 내쉬며 재석이 고개를 들었다.

"새해 첫째 주 토요일이었어요. 해나에게 전화가 걸려 왔죠. 만날 수 있냐고요. 그래서 다음 날 일요일로 약속을 잡은 거예요."

"차를 가져갔나요?"

"네. 작년 가을에 중고 모닝을 샀거든요."

"드라이브는 누구 생각이었어요?"

"해나요. 답답하다고 차를 가져오라고 했어요."

5

부산가톨릭대학 정문을 돌아 도서관 건물 옆 주차장에 차를 세운 뒤, 재석은 해나를 곁눈질했다. 그녀는 드라이브 내내 아무 말도 하지 않았다. 해나가 가져온 USB에는 요즘 유행하는 케이 팝이 저장되어 있었다. 차가 흔들릴 정도로 크게 음악을 틀어놓고 해안과 접한 국도를 따라 대신동에서 기장의 작은 바닷가 마을까지 드라이브 갔을 때 해나는 재석이 휴학 중인 학교도 보고 싶다고 말했다.

"둘러볼래?"

스피커 볼륨을 줄이며 재석이 물었다. 해나는 도리질을 치며 입을 열었다.

"이 주변엔 없어? 드라이브 갈 만한 곳."

"학교 위로 조금만 더 올라가면 저수지가 있어."

"저수지? 몰랐네……."

"구경도 안 할 거면서 여긴 왜 오자고 한 거야?"

해나는 재석의 질문에 대꾸하는 대신 차창을 열고 밖을 기웃 거렸다.

"저기 저 건물은 뭐야?"

그녀의 시선이 운동장 너머에 있는 기역 자 모양의 건물을 가 리켰다.

"카타리나관……. 성 도미니코 참회 수도회의 수녀 이름을 딴 건물이야……. 아이씨, 말 돌리긴."

"선배가 다니는 학교를 보고 싶었을 뿐이야."

차창을 닫고 해나는 안전벨트를 다시 허리에 맸다.

"여긴 차로 둘러봤으니까 됐어. 이제 저수지로 가자."

"안개 때문에 아무것도 안 보일 텐데."

잔뜩 낀 먹구름을 올려다보며 재석이 반문했다.

"그럼 더 좋고."

"완전, 제멋대로야."

비가 내릴 것 같은 흐린 날씨 때문인지 저수지 주변은 짙은 안

개가 끼어 있었다. 해나는 갈색 점퍼의 지퍼를 채운 뒤 조수석 문을 열고 밖으로 나갔다. 겨울 같지 않게 습한 공기가 피부에 와 닿았다. 호수처럼 넓은 데다 산으로 둘러싸여 있어 도심이 아닌 어느 산골 마을에 온 듯한 느낌이었다. 저수지 주변으로 듬성듬성 위치한 식당과 카페, 모텔의 네온 불빛만이 안개를 뚫고 반짝거렸다. 차에서 내리자마자 해나는 담배를 꺼내 입에 물었다.

"아직 고등학생이잖아."

현장실습을 나간 이후 해나는 많이 달라졌다. 화장도 진해지고 술 마시는 날도 많아졌다. 거기다 담배까지.

"이걸 피우면 가슴이 좀 뚫리는 기분이거든."

연기 속에서 박하 향이 났다. 재석은 그녀에게 다가가며 대꾸했다.

"에쎄아이스네…… 알아? 박하 향 담배가 일반 담배보다 뇌졸중 비율이 세 배나 높다는 거."

"그래, 선밴 벽에 똥칠할 때까지 잘 살아."

"도대체 무슨 일이야? 뭣 땜에 계속 저기압이냐고."

해나는 도로를 벗어나 저수지 가까이 걸음을 옮겼다.

"금요일 날, 학교에 갔었어."

"왜?"

"백곰 만나러."

"너네 반 담임?"

"응. 근데 내 말은 들을 생각도 않고, 졸업할 때까진 무조건 거기서 버티래."

"옛날이나 지금이나 변한 게 없네, 그 선생은⋯⋯."

해나는 걸음을 멈추지 않고 계속 저수지 쪽으로 걸어갔다. 재석이 그 뒤를 쫓아가면서 말을 걸었다.

"가장자리도 깊으니까 조심해."

"나 수영 잘해."

"수영을 아무리 잘해도 이런 날씨엔 얼어 죽어, 바보야."

저수지의 수면은 거울처럼 잔잔했다. 바다의 짠 내와는 다른 비릿한 냄새가 났다. 해나는 저수지와 맞닿은 바위 위에 쪼그리고 앉아 왼손을 물에 담갔다.

"생각보다 차갑지 않은데."

"오늘 밤부터 한파가 온댔어."

"항상 그런 식이야, 선밴."

"뭐가?"

"모든 게 부정적이라고."

재석이 그녀 옆에 나란히 섰다.

"취업 나가서 느꼈을 거 아냐. 맘대로 되는 게 없다는 거⋯⋯."

"하긴⋯⋯. 그럴지도 모르겠네."

한동안 해나는 저수지를 바라보며 담배만 피워댔다.

"다른 말은 없었어? 백곰."

해나는 길게 담배 연기를 내뱉었다.

"변호사 만난 것도 알고 있었어."

"뭐! 어떻게?"

놀란 표정으로 재석이 물었다. 해나는 연기를 내뱉으며 "나도 몰라"라고 대답했다.

"그 때문에 취업 의뢰가 끊기면 나보고 책임질 수 있냐고 묻더라. 불경기에 그런 대기업 하나 뚫기가 얼마나 어려운 일인지 아느냐고……."

"내용까지 알고 있단 소리잖아."

해나는 고개를 끄덕였다.

"거기다 백곰한테 뺨까지 맞았는걸."

"구타까지 당했다고?"

놀란 표정으로 재석이 해나를 바라봤다.

"알잖아, 백곰……. 집안 보면서 애들 대하는 거……. 내가 대기업이 아니라 협력사일 뿐이고 협약서(현장실습표준협약서)도 지키지 않는 악덕 기업이라고 따졌거든."

"틀린 말이 아니잖아……."

"어, 빗방울이다."

그때 해나가 손바닥으로 하늘을 가리키며 소리쳤다. 두꺼운 먹구름 사이로 가는 빗줄기가 떨어지기 시작했다.

"눈이었으면 좋았을 텐데."

재석이 해나의 손목을 잡으며 말했다.

"돌아가자."

그러나 해나는 그 자리에서 꿈쩍도 하지 않았다. 도로 위로 올라가려던 재석이 뒤돌아봤다.

"왜?"

"술 마시고 싶어, 선배……. 술 먹기 딱 좋은 날씨잖아."

*

"그래서 저수지 주변에 있는 횟집으로 들어갔군요."

재석이 말없이 고개를 끄덕였다. 김은 서류에서 횟집 종업원과 사장의 진술서를 찾아 테이블 위에 펼쳤다.

늦은 오후였습니다. 비가 내리기 시작했는데 그때 가게 안으로 젊은 연인 한 쌍이 들어왔어요. 회와 매운탕을 시키고 소주는 시원 후레시를 주문했어요. 저희 가게엔 방으로 된 곳도 있는데 손님이 연인인 경우엔 주로 그곳으로 안내를 했습니다. 두 사람도 마찬가지였어요.

종업원 재중교포 지춘화

세 시간 정도 머물렀던 것으로 기억합니다. 소주 세 병과 맥주 두 병을 마셨고요. 따로 식사는 하지 않았어요. 두 사람 모두 취한 것 같았는데, 특히 여자는 몸을 가누지 못할 정도였죠. 계산은 남자의 체크카드로 했고, 대리운전을 불러주겠다고 했지만 남자가 거절했습니다.

횟집 사장 한복순

김은 진술서를 내려다보면서 재석을 향해 입을 열었다.

"취업을 나간 뒤 해나가 많이 힘들어했군요. 그래서 재석 씨는 위로해주고 싶었고요."

"네⋯⋯."

"드라이브를 간 것도?"

재석이 말없이 고개를 끄덕였다.

"그런데 여기 횟집 주인의 조서에는 한 가지 의심스러운 부분이 있어요."

"뭔데요?"

"대리운전을 불러주겠다고 했지만 재석 씨가 거절했다고 진술되어 있거든요."

김은 재석과 일부러 시선을 마주치며 말을 이었다.

"처음부터 모텔에 갈 생각이었나요?"

김은 구글어스에서 내려받은 회동저수지 주변 지도를 재석에게 내밀었다. 프린트한 지도에는 횟집과 두 사람이 묵었던 모텔의 위치가 형광펜으로 붉게 표시되어 있었다.

"걸어서 5분이면 도착할 수 있는 거리예요. 그리고 두 사람은, 그날 그 모텔에서 밤을 함께 보냈고⋯⋯."

재석은 프린트한 지도를 내려다보는 대신 김에게 반문했다.

"변호사님도 제가 해나를 강간했다고 생각하시는군요."

"기분 나쁘게 생각하진 말아요."

범죄 사건에는 항상 동기가 따라다니기 마련이다. 빚이나 보험금 같은 금전 문제와 애증 관계, 강간이 그 대부분을 차지한다. 정남규*처럼 살인 자체를 즐기는 사이코패스나 불특정 다수

---

* 2004년 1월 14일부터 2006년 4월 22일까지 서울·경기 지역에서 열세 명을 살해하고 스무 명에게 중상을 입힌 연쇄살인범.

를 대상으로 하는 묻지마범죄도 간혹 발생하지만.

"해나의 직접적인 사인(死因)은 익사지만 치사(致死)의 가능성
도 배제할 수 없어요. 경찰이나 검찰이 재석 씨에게 혐의를 두는
이유도 그 때문이고……. 해나와 마지막까지 같이 있었던 사람
이 재석 씨였고, 인사불성이 되다시피 한 해나를 집이 아닌 모텔
로 데려갔다는 사실, 마지막으로 죽은 해나의 몸에서 발견된 재
석 씨의 정액반응……."

"아뇨, 아니에요!"

양손으로 탁자를 치며 재석이 소리쳤다. 접견실 밖에 앉아 있
던 교도관의 시선이 재석에게 향했다. 재석은 자리에서 벌떡 일
어나 억울하다는 듯 김에게 덧붙였다.

"집에 들어가기 싫다고 한 건 해나였어요. 전 단지……."

재석은 마음을 진정시키기 위해 길게 한숨을 내쉬었다.

"전 단지, 해나를 좋아했을 뿐이란 말예요."

6

가톨릭대학을 지나 언덕 위로 계속 차를 몰고 가자 호수처럼
넓은 저수지가 나타났다. 산으로 둘러싸인 저수지 주변은 소나
무와 잣나무 같은 침엽수가 빽빽이 들어차 있었다. 내비게이션
에서 목적지까지 500미터가 남았다는 목소리가 시간차를 두고
흘러나왔다. 김은 핸들을 우측으로 꺾은 뒤 다시 속력을 냈다.

해나가 실종되기 전날 재석과 함께 묵었던 모텔은 10층 높이의 크지도 작지도 않은 어중간한 규모였다. 모텔의 외벽은 시멘트 사이딩으로 시공하여 제법 세련된 느낌이 들었다. 김은 모텔 주차장으로 들어가는 대신 1차선 도로의 갓길에 차를 세웠다. 비상 깜빡이를 켜놓고 내리면서 주변에 방범용 CCTV가 설치되어 있는지 확인했다.

모텔 입구 바닥은 자갈이 깔려 있었다. 입구까지 가는 길에도 CCTV가 두 대나 설치되어 있었다. 해나의 실종 신고가 접수되던 날 바로 조사가 이루어졌다면 CCTV에 찍힌 영상만으로도 사건의 실마리를 풀 수 있었을 것이다. 하지만 수사는 해나의 시신이 저수지 수면 위로 떠오른 뒤에야 시작될 수 있었다. 아쉬운 듯 입맛만 다시던 김이 모텔 현관으로 걸어가자 문이 자동으로 열렸다. 대걸레로 홀 바닥을 청소하던 40대 중반의 여자가 뒤돌아서서 김을 반겼다.

"자고 가실 건가요?"

"아뇨. 아닙니다……."

김은 수첩에서 명함을 꺼내 여자에게 내밀었다. 명함을 받아든 여자의 표정이 금세 짜증스럽게 변했다.

"몇 가지 여쭤볼 게 있어서요."

"혹시, 저수지에서 빠져 죽은 여자애 때문인가요?"

"네."

"에휴……. 이젠 변호사 선생님까지 여길 찾아오시네."

"잠시 올라가봤으면 합니다만."

최대한 공손하게 부탁했지만 여자의 걸레질은 거칠어졌다.

"이 군아! 703호로 좀 모셔다 드려."

카운터 안에서 10대 후반에서 20대 초반으로 보이는 청년이 조그마한 문을 통해 나왔다. 노랗게 염색한 머리에 한쪽 귓불에는 피어싱을 하고 있었다. 그는 익숙한 동작으로 김을 엘리베이터 앞으로 안내했다.

"범인은 누구예요?"

뜬금없는 질문에 김은 고개를 좌우로 흔들었다. 엘리베이터 문이 열리자 노랑머리가 먼저 안으로 들어갔다. 층수 버튼을 누르면서 그가 다시 김에게 입을 열었다.

"이상하네요. 경찰은 범인을 잡았다고 했었는데."

"범인이 아니라 용의자겠죠. 그리고 형이 확정되기 전까진 누구도 범죄자라고 불러선 안 돼요."

"무죄추정의 원칙인가……, 그거 말하는 거죠?"

"음, 잘 알고 있네."

노랑머리는 뒤통수를 긁적이면서 "〈변호인〉에서 송강호가 하는 말을 들었어요" 하고 대꾸했다.

"아주머닌 이해해주세요. 저번 주까지 경찰과 검찰이 돌아가면서 여길 들쑤시고 다녔거든요."

"검찰에서?"

김이 되물었다.

"네. 동부지청에서 나왔다고 했어요."

'왜 검찰까지 나서서 조사를 벌이는 걸까?'

김은 노랑머리의 이야기를 들으면서 의구심이 생겼다. 경찰이 송치한 사건을 검찰에서 재수사하는 경우는 기소할 피의자에 대한 증거가 부족하거나 사회적 이슈가 되는 굵직한 사건이 발생했을 때였다. 하지만 해나 사건은 대통령의 탄핵 정국과 맞물려 부산에서조차 관심 밖으로 밀려나 있었다. 그런 사건을 검찰수사관까지 투입해 조사하고 있다는 사실이 못내 찝찝했다. 조 변호사가 아직 이 사건에 대해 말하지 않은 게 있다면 모르겠지만.

엘리베이터에서 내려 왼쪽 모퉁이를 돌자 703호가 나타났다. 노랑머리는 카드키로 문을 열고 현관 벽에 설치된 인식기에 카드를 꽂았다.

"일반실이지만 솔직히 이 방이 호텔에서 가장 전망이 좋아요. 창밖으로 저수지가 한눈에 들어오거든요."

노랑머리는 창가로 걸어가 블라인드를 걷었다. 김도 창가로 다가가 밖을 내려다봤다. 호수처럼 넓은 저수지가 눈앞에 펼쳐졌다. 띄엄띄엄 민물낚시를 하는 사람들이 보이는 아름다운 전원 풍경이었다.

"부산 도심에 이런 곳이 있었다니."

"그래서 다들 여길 찾아오시죠."

노랑머리가 자부심 어린 얼굴로 말했다.

"새벽엔 누가 카운터를 지키죠?"

"저예요."

노랑머리가 대꾸했다.

"1월 5일 밤, 이곳에 묵었던 두 사람을 혹시 기억하고 있어요?"

"저번 주에도 그 얘길 했었는데요……. 사실 이곳에 놀러 오는 연인이 생각보다 많거든요."

노랑머리는 골똘히 뭔가를 떠올리더니 다시 말을 이었다.

"기억나는 건 첫눈이 내렸다는 정도예요."

"1월 5일에?"

"네. 늦은 밤부터요. 내리던 비가 눈으로 변해서 주변이 온통 새하얘졌거든요. 눈을 치우느라 개고생 했지만, 그래서 더 또렷이 기억하고 있어요."

"모텔에 있던 사람들도 한동안 꼼짝을 못 했겠군요."

"네. 부산은 눈이 조금만 와도 교통이 마비되잖아요. 오전 열시쯤이었나……. 제설차가 지나가기 전까진 여기도 마찬가지였어요."

그러고 보니 김도 자가용 대신 지하철을 타고 출근해야 했던 것이 어렴풋이 기억났다. 그렇다면 해나도 모텔을 걸어서 나갈 수밖에 없었을 것이다. 택시나 마을버스가 이곳을 지나다니지 못했으니까. 김은 창밖 저수지로 다시 시선을 돌렸다.

경찰은 해나가 저수지에 빠진 정확한 위치를 발견하지 못했다. 다만 시신이 떠오른 저수지 하류에서 반경 1킬로미터 주위를 샅샅이 뒤졌을 뿐이다. 대규모 경찰병력이 동원된 수사였지만 아무런 유류품도 발견할 수 없었다. 하지만 노랑머리의 말대로라면 해나는 모텔에서 멀리 떨어지지 않은 이곳 저수지 상류에서 물에 빠졌을 가능성이 컸다. 김은 잠시 눈을 감고 해나의 수사 기록을 머릿속으로 꼼꼼하게 되짚어봤다. 그리고 곧, 그녀의 휴대폰이 발견되지 않았다는 사실을 떠올렸다.

"이곳에 CCTV는 몇 대나 설치되어 있죠?"

"주차장에 두 대, 현관 앞에 하나, 엘리베이터 안에도 있으니까 총 네 대네요."

"CCTV를 통하지 않곤 여길 나갈 수가 없겠군요."

"네."

"영상은 얼마 동안 저장이 됩니까?"

"일주일요. 일주일이 지나면 자동으로 삭제되었다가 다시 녹화가 돼요. 그래서 형사님들도 안타까워했죠."

"혹시 다음 날 오전에 703호 남자가 감시카메라를 확인해달라고 요청한 적은 없나요?"

"없었을 거예요. 아까도 말했지만, 전 다음 날 눈을 치우느라 오전 내내 밖에 나가 있었거든요. 하지만 녹화된 영상을 확인했다면 분명히 절 불렀을 거예요. 저만큼 컴퓨터에 익숙한 사람이 여긴 없으니까요."

김은 창을 등지고 뒤돌아서서 이번엔 703호 안을 살피기 시작했다. 욕실 겸 화장실을 빼면 5평 정도 되는 자그마한 방이었다. 하지만 평수에 비해 침대는 두드러져 보일 정도로 큰 사이즈였다. 이곳 모텔의 방들이 어떤 용도로 이용되는지 짐작할 수 있었다. 김은 침대를 보며 떠오른 생각을 노랑머리에게 물었다.

"싱글침대가 따로 들어간 방은 없나요?"

"있어요. 일반실과 프리미엄실, VIP실에 각각 한 개씩요. 하지만 이곳에 오는 손님 대부분이 연인들이라 인기가 없어요. 객실이 꽉 찼을 때나 마지못해 얻는 방이니까."

"그날은 어땠어요? 1월 5일……."

"날씨 때문인지 손님이 많지 않았어요. 다음 날 아침에 눈 치우러 나갔을 때도 주차장에 차들이 별로 없었으니까."

"주차장에서 하늘색 모닝을 보진 못했나요?"

"그런 구체적인 것까진 기억 안 나죠."

김은 고개를 끄덕이며 노랑머리에게 인사말을 건넸다.

"고마웠어요. 많은 도움이 됐습니다."

"이 정도면 된 건가요?"

뭔가 아쉽다는 듯 노랑머리가 물었다. 김은 미소를 지으며 그렇다고 대답했다. 방을 나오기 전에 김은 그에게 명함을 건넸다.

"나중에라도 떠오르는 게 있으면 연락 주세요."

"그런데 변호사님."

명함을 받아 들며 노랑머리가 조심스럽게 입을 열었다.

"네?"

"변호사님은 어떠세요? 함께 투숙했던 남자가 범인이 아니라고 생각하세요?"

"글쎄요……, 판결이 나기 전까진……."

"또 무죄추정의 원칙을 말하는 거군요."

김이 미소로 응답을 대신했지만 노랑머리의 표정은 의외로 진지했다.

"무슨 할 이야기라도 있어요?"

"그냥 좀 마음에 걸리는 게 있었어요……. 용의자라는 녀석요. 저 아래 학교의 축구부 부원이었거든요."

"축구부 부원이 왜요?"

"그쪽 애들은……, 여길 러브호텔처럼 사용해왔어요."

"러브호텔처럼?"

"네."

그때 홀에서 일하던 아주머니가 청소 카트를 끌고 703호실 현관으로 들어섰다.

7

운전석에 앉자마자 김은 콘솔박스에서 자일리톨 껌을 꺼내 씹었다. 그리고 모텔 출구 쪽과 도로가 만나는 지점으로 시선을 돌렸다. 그날 새벽, 따뜻했던 기온이 갑자기 영하로 떨어졌다. 내리던 비가 눈으로 바뀌면서 주변 일대는 마비 상태가 되었을 것이다. 김은 홀로 눈길을 걷고 있는 해나를 잠시 상상해봤다. 술이 덜 깬 모습으로 비틀거리며 도로 위를 걷는 그녀의 쓸쓸한 뒷모습이 눈앞에 아른거리는 것 같았다.

'저 길을 걸으며 그녀는 무슨 생각을 하고 있었을까?'

김은 외투 주머니에서 휴대폰을 꺼내 들었다. 통화 버튼을 누르자 긴 신호음 뒤에 사무장의 목소리가 휴대폰에서 흘러나왔다.

"의뢰인은 만나보셨습니까?"

"네."

"어떻던가요?"

"검찰의 공소사실을 부인하고 있어요."

"변호사님 생각은요?"

"양형을 줄이는 대신 무죄로 밀고 나가려고요. 피고인도 그걸 원하고 있고……."

"승산이 있다고 보세요?"

"아직은 모르겠습니다."

"어쨌든, 변론 준비도 해야 하고 그에 따른 증거조사도 필요하니까 바빠지겠네요."

사무장이 투덜거렸다. 마치 김에게 이런 사건은 맡는 게 아니라니까요, 하고 말하는 것 같았다.

"그래서 돌아가는 길에 저수지에도 들렀어요. 지금은 모텔 앞입니다."

"두 사람이 묵었던 모텔요?"

"몇 가지 확인할 게 있어서요……. 그리고 사무장님."

"네?"

"요즘도 스킨스쿠버 하러 다니세요?"

"보시다시피 바빠서요. 최근엔 기회가 많지 않아요……. 그런데 갑자기 그건 왜 물어보세요? 불안하게시리……."

"저수지 안을 좀 뒤져봤으면 좋겠는데……."

"경찰에서 이미 수사하지 않았나요?"

"저수지 상류 쪽이 마음에 걸려서요. 해나는 저수지 하류가 아닌 상류에서 빠졌을 가능성이 커요."

"하……!"

"부탁 좀 드리겠습니다."

"아무튼, 불길한 예감은 빗나간 적이 없다니까."

휴대폰에서 사무장의 포기한 듯한 웃음소리가 들려왔다. 15년 가까이 한솥밥을 먹다 보니 김과 사무장은 서로의 눈빛만 봐도 상대방이 뭘 원하는지 알 수 있었다.

"찾는 거라도 있으세요?"

"휴대폰요. 해나의 휴대폰이 아직 발견되지 않았거든요."

"첫 재판이 일주일 된데 빠듯하지 않을까요? 아직 의견서도 제출하지 않았잖아요."

"그동안 증거들을 찾아봐야죠. 물론 서류도 포함해서요……."

김은 휴대폰을 오른손에서 왼손으로 바꿔 잡으며 말을 이었다.

"그보다, 검찰에서도 보강수사를 하고 있는 것 같아요."

"검찰에서요?"

사무장도 의외라는 듯 김에게 반문했다.

"담당 검사가 누군지, 그리고 그네들 속내가 궁금하네요."

"제가 한번 알아보죠……. 지금 바로 사무실로 들어오실 건가요?"

"두 사람이 술을 마셨던 횟집과 학교에도 한번 가보려고요. 거기 축구부 부원들도 만나봐야 할 것 같거든요."

"알겠습니다……. 그럼 내일 뵙죠. 저도 세시쯤 외근을 나가야 해서요……."

김은 손목시계를 들여다보았다.

B

김이 집 앞 현관에 도착한 무렵, 딸과 함께 필리핀 어학연수를 떠난 아내에게 전화가 걸려 왔다. 아내는 필리핀 물가가 생각보다 싸지 않다는 것과 딸이 새로운 환경에 잘 적응하고 있다는 말을 두서없이 늘어놓았다. 아내가 말하는 동안 김은 거실 소파에 앉아 양말을 벗고 리모컨으로 텔레비전 전원을 켰다. 별다른 일이 없는 한 언제나 내셔널지오그래픽 아니면 뉴스로 채널은 고정되어 있었다. 화면이 켜지자마자 대통령 탄핵과 관련된 뉴스가 쏟아져 나왔다. 헌법재판소 재판관들의 정치적, 사상적 성향이나 광화문에서 벌어지는 촛불집회와 태극기집회의 대립, 국정농단의 주범이라는 최씨 일가에 대한 또 다른 비리가 메인타이틀을 차지했다.

"한국은 어때? 여전히 시끄러워?"

"응. 텔레비전에서도 난리야."

"여긴 두테르테가 이슈야."

"최씨 일가는 두테르테가 한국 대통령이 아닌 걸 감사해야 할 거야."

수화기 너머에서 아내의 웃음소리가 흘러나왔다.

"미진이는?"

"수업 중. 오늘은 저녁 늦게까지 무슨 행사 준비를 한다고 해서 학부모들이랑 알라방 시내로 나왔어. 지금은 노천카페에서 망고주스를 마시며 수다 떠는 중이고……. 저녁은?"

"김가네 김밥."

"혼술은 하지 마."

"알았어."

김은 부엌 냉장고에서 캔맥주를 꺼내다 말고 찔끔거렸다.

"미진이한테 안부 전해주고."

"자기 전에 다시 연락할게."

전화를 끊은 김은 캔맥주를 들고 거실로 돌아가 앉았다. 돈가스김밥을 안주 삼아 맥주를 마시며 벽에 붙은 가족사진을 멍하니 바라봤다. 아내는 김이 사법시험을 준비하는 동안 김의 뒷바라지를 책임지다시피 했다. 고시에 합격한 뒤에도 아파트 전세금을 마련할 때까지 그녀는 직장 생활과 집안 살림을 병행해야만 했다. 어느 정도 살림이 안정되었을 때 딸 미진이가 태어나 정신없이 지내야 했다. 그런 아내를 위해 김은 그동안 모은 비상금으로 휴가를 제의했지만 거절당했다. 대신 아내는 방학 동안 미진에게 어학연수를 보내주고 싶다고 말했다.

"앞집 병수 엄마도 필리핀으로 애들 어학연수를 보냈잖아. 작년 겨울방학 때……."

아내는 남들 하는 것만큼은 미진에게 해주고 싶다고 항상 말해왔다. 거기다 자신도 딸과 함께 필리핀에서 지낼 수 있으니

45

휴가 가는 거나 마찬가지라며 고집을 부렸다. 필리핀의 건기는 야외 활동을 하기에 더없이 좋은 기후라는 말과 함께. 덕분에 어부지리를 얻은 건 김이었다. 방학 동안 아이와 아내에게서 벗어나 자유로운 독신 생활을 즐기고 있었으니까.

캔맥주를 비우는 동안 김은 오늘 조사했던 자료들과 함께 경찰의 사건보고서, 검찰에서 작성한 공소장을 다시 한번 꼼꼼하게 살펴봤다. 무엇보다 피고인 신분인 재석의 인터뷰 내용에 신경을 집중했다. 대체적으로 그의 진술은 진실되고 설득력이 있었지만, 그만큼 마음에 걸리는 부분도 있었다. 저수지 주변 일대를 탐문하면서 그 의구심은 보다 구체적인 모습으로 나타났다. 김은 수첩을 꺼내 메모를 시작했다.

① 해나가 모텔에서 사라졌다는 사실을 알고도 그날 정오까지 아무런 조치를 취하지 않은 이유는?
② 왜 아침에 감시카메라를 확인하지 않았을까?
③ 검찰이 준강간죄가 아닌 강간 등 살인치사죄로 재석을 무리하게 몰아붙이는 이유는?

메모를 하던 김이 자신의 휴대폰으로 시선을 돌렸다. 테이블 위에 있던 휴대폰이 드르륵거리며 진동했다. 김은 마지막 남은 캔맥주를 들이켠 뒤 휴대폰을 집어 들었다. 조 변호사가 보낸 톡이 도착했다는 알림이 바탕화면에 나타났다.

―죄송해요. 지금 문자 확인했어요.

―수술은?

―잘 끝났어요. 의사도 성공적이라고 말했고요.

―다행이네. 몸조리 잘해.

잠시 뜸을 들이던 조 변호사가 다시 톡을 보내왔다.

―내일 뵐 수 있을까요?

―괜찮겠어?

―네.

―그럼 퇴근하면서 들를게. 저녁 일곱시쯤 될 거야.

―피고인은 만나봤어요?

―응. 거짓말하진 않았지만, 숨기는 게 있는 것 같았어.

―역시 그게 마음에 걸리시는군요.

―응.

―자세한 건 내일 만나서 이야기해요, 선배.

마지막으로 조 변호사는 나이에 맞지 않게 라이언 이모티콘과 함께 링크가 걸린 주소 하나를 보내왔다. 링크 밑에는 '두 달 전, 제가 해나를 만난 이유예요'라는 문장을 남겼다.

'드디어 비밀을 밝힐 준비가 된 건가?'

김은 휴대폰 화면에 뜬 링크를 클릭했다. 그러자 2단짜리 신문기사가 눈에 들어왔다.

KC콜센터 해지방어팀 팀장으로 일하던 서모(31세) 씨가 11월 2일 오전 11시경, 범어사 인근 야산에서 시신으로 발견되었다. 그의 아반떼 승용차에서는 타다 만 번개탄과 함께 유서도 발견되었는데, 센터와 관계된 불법적인 일들을 조사해달라는 내용이 적혀 있는 것으로 확인됐다. 경찰은 업무 스트레스로 인한 자살 사건으로 결론짓고 회사 관계자들을 참고인 자격으로 불러 조사할 방침이다.

신문기사를 요약하면 대충 이런 내용이었다. 하지만 김의 시선을 끈 건 'KC콜센터'와 '해지방어팀'이라는 두 단어였다. 자살한 해나가 다니던 회사 역시 'KC콜센터'였고 '해지방어팀'은 그녀가 소속된 부서였다. 그러니까 해나가 죽기 두 달 전에 그 부서의 팀장도 자살한 것이다.

'그리고 조 변은 이 사건으로 소송 준비를 하고 있었다…….
뭔가 예감이 좋지 않아.'

김은 거실 소파에서 일어나 부엌으로 걸어갔다. 냉장고에 있는 캔맥주를 꺼내 뚜껑을 땄다. '칙' 하는 소리와 함께 거품이 밀려 올라왔다. 김은 급히 맥주 한 모금을 입으로 가져갔다. 그러다 냉장고에 붙은 아내의 메모지를 발견했다.

음식물 쓰레기는 종량제 봉투에.

9

1년 전 강원도에서 한 여고생이 투신하는 사건이 발생했다. 단순 자살로 종결될 뻔한 사건은 투신한 여고생의 몸에서 다량의 정액이 발견되면서 새로운 반전을 맞았다. 수사 결과에 따르면, 투신하기 전날 피해자는 또래 남학생들과 어울려 술을 마셨고, 항거불능인 상태에서 그들에게 차례로 강간당했다. 남학생들은 계획적으로 여학생에게 술을 먹인 것으로 확인되었다. 재판은 신속하게 이루어졌고 남학생들에겐 아동, 청소년의 성 보호에 관한 법률 위반 혐의로 3년에서 5년 사이의 실형이 선고되었다.

김이 재석을 만나는 동안 계속해서 마음에 걸렸던 건, 해나의 몸에서 발견된 정액의 양성반응이었다. 그가 해나와 합의하에 성관계를 가졌는지, 아니면 술에 취해 인상불성이 된 상태에서 강제로 관계를 맺었는지에 대한 판단을 쉽사리 내릴 수 없었다. 무엇보다 재석의 모호한 태도가 마음에 들지 않았다. 김보다 직감력이 뛰어난 조 변호사가 그런 사실을 모를 리 없었다.

구치소 접견실에서 다시 만난 교도관은 "서울에선 난다 긴다 하는 사람들이 모두 구치소로 들어와 정신이 없나 봐요" 하고 농담을 건넸다. 김은 미소를 지으며 교도관에게 응답했다.

"그만큼 나라가 부패했었다는 증거겠죠."

"김 변호사님은 어떠세요? 이번 탄핵……."

"글쎄요. 공정한 재판이 이루어지길 바라야죠."

휴대폰을 그에게 건네며 김이 다시 미소를 지었다.

재석과의 두 번째 만남은 보다 차분해진 분위기에서 시작할
수 있었다. 재석 역시 첫날보다는 편안한 자세로 김을 대했다.
탁자를 마주하고 앉았을 때, 김은 잠시 날씨 이야기로 화제를 돌
렸다.

"봄이 일찍 오려나 봐요."

"여기 벚나무에도 꽃눈이 돋았는걸요."

"벌써? 벚꽃이 곧 만발하겠네."

"벚꽃을 좋아하세요?"

"진해 기초군사학교에서 훈련받을 때 추억이 좀 있어요."

"아, 해군 출신이셨군요."

김이 고개를 끄덕였다.

"저도 진해 벚꽃 축제에 가본 적이 있는데……. 친한 후배들
과 함께요."

"거기에 해나도 있었나요?"

"네……."

재석의 얼굴에 잠시 그늘이 졌다. 그에게 해나의 죽음은 깊은
상처로 남아 있는 것 같았다. 김은 재석의 어두운 표정을 보며
안쓰러움과 의구심이 교차하는 묘한 느낌이 들었다. 그도 해나
의 죽음 앞에선 자유로울 수 없는 것일까.

"어제 회동저수지에 갔었습니다."

재석이 김과 시선을 마주쳤다.

"두 사람이 묵었던 모텔과 횟집에 들러 그날 근무했던 사람들을 만나봤어요."

"절, 믿기로 하신 건가요?"

"그보다 먼저 알아야 할 게 있어요. 재판정에서 무죄를 주장한다는 것이 얼마나 큰 모험인지를."

재석은 어제 법원으로부터 공소장 의견서를 송부받았다. 검찰의 기소 내용에 대한 피고인의 생각을 수렴하기 위해서였다. 보통은 죄를 인정하고 선처를 호소하는 내용으로 채우지만, 재석은 자신의 억울한 심정을 밝히고 싶어 했다. 공소장 의견서는 판사의 양형 선고에도 영향을 끼치기 때문에 신중하게 작성해야 한다. 재석의 경우처럼 무죄를 주장하다 승소하지 못하면 죄를 반성하지 않는다는 이유로 가중처벌을 받을 수 있기 때문이다.

"검찰의 기소 내용에 대해 여전히 같은 생각인가요?"

재석이 고개를 끄덕였다.

"기분은 어땠어요?"

"공소장을 읽는 내내 억울하고 답답했어요."

재석의 눈자위가 붉게 물들었다.

"재석 씨가 검찰의 기소 사실을 부인하면 첫 재판은 인정신문과 기소요지진술, 변론요지진술 및 증거조사로 이어질 거예요. 당연히 다음 재판에서는 검사 측에서 피해자 쪽 증인을 내세워 재석 씨를 압박할지도 모르고."

물론 김은 그걸 역으로 이용할 생각이었다. 그는 재석의 반응을 살피며 말을 이었다.

"그나마 다행스러운 건, 형사재판은 검사가 기소한 내용만을 가지고 재판한다는 거예요. 그러니까 재석 씨와 나는 공소장에 적힌 범죄 사실만 무죄라는 걸 밝히면 된다는 거죠."

"전 해나를 죽이지 않았어요."

"하지만 자살을 했죠."

김의 반문에 재석은 시선을 바닥으로 떨어뜨린 채 한동안 침묵을 지켰다.

"해나가 없어졌다는 걸 안 건 언제였어요?"

"아홉시쯤요. 처음엔 화장실에 간 줄 알았어요. 하지만 해나의 외투가 없다는 걸 곧 알게 됐죠."

"그다음엔요?"

"해나에게 톡을 보냈지만 답장이 없었어요. 10분쯤 뒤에 직접 전화를 걸었지만 역시 받지 않았고요……."

재석의 뺨으로 굵은 눈물방울이 떨어졌다.

"전 단지……. 전날 있었던 일 때문이라고만 생각했어요. 저와 한 침대에서 일어나는 게 부끄러웠을 뿐이라고요."

"무슨 뜻이죠?"

김이 나직이 질문을 던졌다.

*

몸을 가누지 못할 만큼 취한 해나는 모텔 방으로 들어서자마자 비틀거리며 곧장 화장실로 향했다. 변기 앞에 엎드려 먹은 것을 토해내는 모습을 재석은 안타까운 눈으로 바라봤다. 재석 역시 훈훈한 실내로 들어서자 취기가 올라왔다. 그는 미니냉장고에서 생수병을 꺼내 들고 해나 옆으로 다가갔다. 해나는 화장실 바닥에 주저앉은 채 계속해서 구역질을 하고 있었다.

"괜찮아?"

그녀의 등을 두드리며 재석이 물었다. 해나는 손을 가로저으며 괜찮다는 제스처를 취했지만 눈가가 촉촉해질 정도로 힘든 표정이었다. 변기 레버를 내리자 '쿠룩'거리는 소리와 함께 토사물이 하수구로 빨려 내려갔다. 해나는 변기에 등을 기댄 채 뒤돌아 앉아 재석이 건넨 생수병을 입으로 가져갔다.

"힘들다고 그렇게 몸을 혹사시키면 어떡해?"

"선밴 사는 게 재밌어?"

물을 마신 뒤 해나는 어눌한 말투로 물었다.

"아니. 하지만 즐겁게 살려고 노력은 하고 있어."

"하긴…… 선밴 부양할 가족이 없으니까."

해나가 자리에서 일어서다 말고 다시 바닥에 주저앉았다. 재석이 손을 잡고 일으키려고 했지만 늘어진 그녀의 몸은 생각보다 무거웠다. 재석은 해나를 침대로 데려가기 위해 양손을 그녀의 겨드랑이 아래로 밀어 넣었다. 그때 해나가 재석에게 입을 열었다.

"이곳에서 벗어나고 싶지만 방법이 없어."

"백곰 말처럼 버텨야지."

"버티고 버텨서 여기까지 온 거야."

재석이 해나를 다시 일으키려고 할 때 그녀가 도리질을 쳤다.

"샤워부터 할래."

그리고 재석의 손을 꼭 잡았다. 해나의 손은 재석보다 차갑고 야위었다. 비는 어느새 하얀 눈으로 바뀌어 저수지 주변에 쌓이기 시작했다.

"힘들면 언제든 말해."

"도와줄 거야?"

재석을 올려다보는 그녀의 상기된 얼굴이 안쓰럽게 느껴졌다. 해나가 왜 그런 말을 하는지 이해할 수 있었기 때문이다. 졸업생인 재석의 귀에까지 들릴 정도로 업체에 대한 나쁜 소문이 돌았다. 해나와 함께 현장실습을 나갔던 두 명의 동기는 한 달을 채 견디지 못하고 모두 퇴사했다. 하지만 해나에게는 도망갈 곳이 없었다. 청소부로 일하는 어머니의 수입만으로 자신은 물론 중학교 2학년과 초등학교 5학년에 다니는 두 동생을 뒷바라지할 수 없었다.

해나는 이제껏 자신의 집안이나 환경에 대해 불평이나 불만을 말한 적이 없었다. 오뚝이라는 별명처럼 강단 있게 행동했고, 누구보다 가족을 사랑했다. 하지만 오늘 해나의 모습은 평소와는 달랐다. 재석은 그런 그녀가 안타까웠다. 지켜주고 싶었다.

"힘닿는 데까진……."

"정말? 정말 도와줄 거야?"

재석은 얼떨결에 고개를 끄덕였다.

"나랑 도망칠 수도 있어?"

"도망이라니? 어디로?"

"이곳에서 벗어날 수만 있다면 어디든 상관없어."

"하지만 난 군대 대신 방위산업체에서 일하잖아. 2년 10개월 동안은 부산에서 꼼짝할 수가 없는걸."

재석을 바라보던 해나가 '푸후' 하고 한숨을 내쉬었다. 그녀는 쓸쓸한 표정으로 재석에게 말했다.

"농담이었어. 선배…… 보일러 좀 틀어줄래."

"어……."

화장실을 나간 재석은 모텔 방 벽에 붙어 있는 보일러 조작함의 전원을 켜고 온수 버튼을 눌렀다. 선반 위에 있는 일회용 칫솔과 수건을 건네주기 위해 화장실로 되돌아갔을 때는 이미 샤워기에서 물이 뿜어져 나오고 있었다. 해나는 비틀거리며 사방으로 옷을 벗어 던졌다. 당황한 재석이 시선을 돌렸다. 그 순간 해나가 욕조 안으로 미끄러지듯 쓰러졌다. 재석이 뛰어가 그녀의 상체를 들어 올렸다. 두 사람 위로 따뜻한 물이 쏟아지기 시작했다. 그때 재석의 목을 껴안으며 해나가 귓가에 대고 속삭였다.

"선배 옛날부터 나 좋아했잖아."

그 순간 모든 것이 무너져버렸다. 재석이 다시 정신을 차렸을 땐 이미 해나의 가슴에 얼굴을 파묻은 뒤였다.

*

"아무것도 생각나지 않았어요."

재석은 힘들게 입을 열었다. 김은 재석의 이야기를 듣는 동안 술 생각이 간절했다. 스무 살밖에 안 된 해나에게 도대체 어떤 일들이 일어났던 것일까?

"새벽까지 해나를 갈구했어요⋯⋯. 발정 난 개새끼처럼 요⋯⋯. 그녀를⋯⋯ 씨팔!"

재석은 자신의 머리카락을 움켜쥐며 괴로워했다. 그제야 김은 재석의 행동을 이해할 수 있었다. 재석이 왜 그녀의 죽음에서 쉽게 벗어날 수 없는지를. 해나를 지켜주지 못했다는 죄책감에 경찰과 검찰의 심문에도 어중간한 태도를 보일 수밖에 없었을 것이다. 반쯤은 자신 때문에 해나가 죽었을 거라고 생각할 수도 있으니까. 김은 미간을 찡그리며 앞에 앉은 재석을 말없이 바라봤다.

검찰은 마음만 먹으면 언제든 재석의 그런 심리를 이용해 올가미를 씌울 수 있었다. 거짓말탐지기 검사에 불응한 사실을 걸고넘어질지도 몰랐다. 재석을 흔들 방법은 얼마든지 있으니까. 문제는 그들이 재석을 끝까지 물고 늘어지는 이유였다. 왜 해나의 자살을 그의 탓으로 돌려야만 하는 것일까? 그 질문에 대답해줄 수 있는 사람이 조 변호사뿐이라는 걸 김은 순간 깨달을 수 있었다.

10

병원 로비에서 김은 조 변호사의 남편을 우연히 만났다. 고모

56

의 주선으로 만난 소개팅에서 그는 첫눈에 조 변호사에게 마음
을 빼앗겼고, 2년 동안을 쫓아다닌 끝에 그녀와 결혼할 수 있었
다. 김은 그를 결혼식장과 변호사 사무실 개업식 날, 그리고 아
이들 돌잔치에서 본 적이 있었다. 조 변호사와 셋이 함께 밤새
술 마시며 이야기를 나눈 적도 있었다. 지금 그는 항만공사 홍보
부에서 15년째 근무 중이었다.

먼저 인사말을 건넨 건 그였다. 반듯한 정장 차림에 중년 같지
않은 몸매를 유지하고 있었다. 악수를 나눈 뒤 엘리베이터를 타
고 병실로 이동하는 동안 잠시 정치 이야기를 나누기도 했다.

"그래서 전 아내를 이해할 수 없어요."

인권변호사로 활동하는 아내의 행동이나 이데올로기를 좀처
럼 납득할 수 없다고 그는 말했다.

"변호사 일을 하면서 아내는 오히려 극단적이 되어버렸어요.
나이가 들수록 둥글둥글해지는 게 세상 이친데."

조 변이 수술을 받게 된 이유도 그녀가 벌여놓은 일 때문이라
고 그는 믿고 있었다.

"침묵하고 미루는 것보다 그게 낫지 않아요?"

"늘 분란과 갈등만 일으키는데도요?"

"그렇게 보일 뿐이죠. 실제론 사회의 시한폭탄을 해체하는 방
법이에요."

"김 변호사님까지 아내를 두둔하는군요."

그는 고개를 좌우로 흔들며 불만스러운 표정을 지었다.

입원실은 12층에 자리 잡고 있었다. 간호스테이션을 지나쳐 오른쪽 복도로 꺾어 들어가자 조 변호사가 입원한 병실이 나타났다. 1203호. 2인실이었지만 맞은편 침대는 비어 있었다. 조 변호사는 김이 생각했던 것보다 컨디션이 좋아 보였다. 그녀의 병간호를 위해 울산에서 내려온 두 살 터울의 언니가 김을 알아보고 아는 체를 했다. 김은 가져온 음료수 상자를 침대 옆에 내려놓고 그녀의 언니와 먼저 인사말을 주고받았다. 조 변호사는 하루 종일 침대에 누워 있는 게 답답한지, 아니면 담배 생각 때문인지 얼굴에 불만이 가득해 보였다. 남편이 다가가자 그녀는 애써 웃는 낯으로 그와 포옹했다. 남편은 조 변호사의 뺨에 입술을 가져간 뒤 그녀가 부탁한 소설책 몇 권을 가방에서 꺼내 건네줬다.

"퇴원은 언제야?"

김이 그녀에게 물었다.

"5일 뒤요. 크기가 작아 부분절제술로 간단하게 종양만 제거했어요."

책 표지를 바라보며 그녀가 덧붙였다.

"하지만 항암치료를 좀 더 받는 게 좋겠다고 하네요. 한 달은 걸릴 것 같아요."

"항암치료는 힘들다고 하던데."

"잘 먹고 푹 쉬어야 한대요."

"차라리 잘됐는지도 몰라. 이번 기회에 몸조리하면서 좋아하는 책도 읽고 남편이랑 근처 여행도 다니면서 여유 좀 가져."

하지만 조 변호사의 반응은 의외로 시큰둥했다.

"그러기엔 책임져야 할 사람이 많아요."

"또 그 소리……."

옆에서 두 사람 이야기를 듣고 있던 남편이 끼어들었다.

"혼자 정의로운 척은 다 하고 있어. 걱정하는 가족 생각도 좀 해야지."

"그들도 우리 식구나 다름없어."

조 변호사의 남편은 여전히 불만스러운 표정으로 그녀를 바라봤다. 하지만 더 이상 그녀의 말에 토를 달진 않았다.

"전복죽이 먹고 싶어, 여보."

조 변호사가 남편에게 말했다. 그는 미간을 찡그리며 간이 의자에서 일어났다.

"언니랑 다녀와요. 전 선배랑 잠시 나눌 이야기도 있으니까. 미안해."

"무리하진 마."

남편의 말투는 무뚝뚝했지만 애정이 담겨 있었다. 조 변호사가 말없이 고개를 끄덕였다. 남편과 언니가 병실을 나가자 그녀가 입을 열었다.

"고마워요."

"뭐가?"

"사건 맡아줘서."

"아직 하겠다는 말은 안 했어."

하지만 그녀는 피식하고 웃음을 터뜨렸다.

"내가 싫다고 하면 어쩔 생각이었어?"

김이 반문했다. 그녀는 리모컨으로 침대의 높이를 조금 위로 올린 뒤 대꾸했다.

"뒷일은 생각하지 않았어요."

'조 변다운 대답이군.'

김은 그녀를 내려다보며 생각했다.

"자살한 서 팀장과도 관계가 있는 거지?"

조 변호사가 고개를 끄덕였다.

"김희준이라고, 민노총 교육선정부장으로 일하는 친구가 있어요. 공단 근처에 합동 사무실을 차릴 때부터 알고 지낸 사이예요. 자살한 서 팀장과는 고등학교 동창이고요. 서 팀장은 자살하기 전에 그 친구에게도 유서를 보냈어요. 그의 사건이 방송을 탄 하루 뒤에 편지가 집에 도착했대요."

"해나를 조 변 사무실에서 만난 것도 그 때문이야?"

"우린 KC를 상대로 소송을 준비하고 있었고, 해나는 나름 적극적이었죠……. 그 아인 제게 중요한 사실들을 말해줬어요."

"그 아이를 내부고발자로 만들 생각이었어?"

"결정은 제가 아니라 해나가 한 거예요."

"그걸 변명이라고 하는 거야? 그때 해나는 열아홉 살밖에 안된 현장실습생이었어."

이해할 수 없다는 듯 김이 반문했다. 하지만 조 변호사의 목소리에는 변함이 없었다.

"자살한 팀장을 잘 따르던 아이예요."

"그래서 쉽게 도와줄 거라고 생각한 건 아니고?"

"해나 같은 피해자가 또다시 생겨선 안 되니까요."

김은 순간 할 말을 잃어버렸다. 조 변호사는 침대 옆 탁자 위에 있는 가방에서 파일을 꺼내 김에게 건네줬다.

"서 팀장의 유서와 해나가 우리에게 증언한 내용들이에요. 집에 가서 검토해보세요. 그럼 왜 그들이 재석일 그토록 물고 늘어지는지 알 수 있을 거예요."

김은 파일을 받으며 물었다.

"그들이라니?"

"KC는 R그룹의 고객센터를 위탁운영 하고 있었어요."

"R그룹? 그들도 이번 재판과 관계가 있는 거야?"

대답하는 대신 그녀는 길게 한숨을 내쉬었다.

"갑자기 담배가 당기네요."

내부고발자

1

2호 법정은 평소보다 한산했다. 방청석에는 재석의 가족과 해나의 어머니가 나란히 앉아 있었다. 오늘 이 재판정에선 재석 사건 외에도 사기죄를 비롯해 가중처벌법 위반, 폭행 등 일곱 건의 형사재판이 이루어질 예정이었다. 서기관들이 착석한 가운데 판사가 들어오자 경위 계급장을 단 사법경찰관이 방청석을 향해 말했다.

"모두 일어나주시기 바랍니다."

판사가 재판정의 제일 높은 자리에 앉은 뒤에 김과 검사, 방청객 들이 다시 자리를 잡고 앉았다. 앞이마가 훤히 드러난 40대 후반의 판사는 피고인석에 있는 재석을 안경 너머로 잠시 바라보다 말고 나직이 입을 열었다.

"지금부터 재판을 시작하겠습니다."

뒤이어 그는 사건 번호를 말하고 피고인인 재석의 인정신문에 들어갔다. 이름과 나이, 본적을 확인한 뒤 재석에게 물었다.

"피고인, 공소장 읽어봤죠?"

"네."

재석이 대답하자 판사는 "자신에게 불리한 심문에 대해 진술을 거부할 수 있습니다"라고 진술거부권을 고지했다. 그런 다음 검사를 향해 말했다.

"검사님, 심문하세요."

판사의 말이 떨어지자마자 젊은 검사는 링 위로 뛰어 오르듯 자리에서 일어났다.

"친애하는 재판장님, 그리고 방청객 여러분……."

김은 젊은 검사의 입에서 나오는 첫마디가 도식적이라고 생각했다.

'젊은 녀석이 창조성이라곤 전혀 없네.'

하지만 검사는 자신만만한 눈빛으로 김과 판사, 방청객 들을 번갈아 바라봤다.

"피고인은 평소 친오빠처럼 따르던 피해자를 성폭행하고 죽음에 이르게 한 뒤에도 반성의 기미조차 보이지 않고 있습니다."

그런 다음 천천히 재석에게 눈길을 돌렸다.

"피고인은 2017년 1월 5일 정오 무렵, 피해자를 자신의 차에 태우고 드라이브를 나간 적이 있죠?"

"네."

"저녁엔 피고인이 휴학 중인 학교와 인접한 회동저수지의 횟집에서 술을 마셨고요?"

"네."

검사의 질문에 대답하는 재석의 목소리가 갈수록 작아졌다. 검사는 눈썹을 씰룩거리며 재석을 노려보기 시작했다.

"피고인은 피해자의 주량에 대해 알고 있었나요?"

잠시 망설이던 재석이 대답했다.

"네."

"얼마나 되죠?"

"평소엔 맥주 한 병 이상 마시지 않습니다."

"그날은 몇 병을 마셨나요?"

"소주는 세 병, 맥주는 두 병 정도일 겁니다."

"피해자의 주량에 비해 상당히 많은 양이군요. 정신을 잃을 정도로."

방청석에 앉아 있던 몇몇 사람들의 입에서 야유하는 듯한 소리가 튀어나왔다.

"그날 해나는 고민이 많아 보였습니다. 아무리 말려도 계속 술을 마셨어요."

재석이 대꾸했지만 검사는 그의 말을 무시한 채 또 다른 질문을 던졌다.

"피고인은 대리운전을 불러주겠다는 횟집 사장의 말을 듣지 않았어요. 이유가 뭐죠?"

"가까운 모텔에서 재울 생각이었으니까요. 당시 해나의 상태로는 도로에서 멀리 떨어진 집까지 걸어갈 수 없다고 판단했어

요. 거기다 날씨까지…… 갑자기 비바람이 몰아치기 시작했거
든요…….”

그때 검사석에서 내려온 그가 재석의 말을 자르며 소리쳤다.

“피고인은 휴학하기 전, 교내 축구 동아리에서 활동을 했습니
다. 횟집과 모텔에서 불과 500미터 거리에 있는 잔디 구장에서
자주 경기를 가졌고요.”

젊은 검사는 재석에게 가까이 다가간 뒤 질문을 던졌다.

“그 모텔은 축구부 학생들 사이에 ‘디디에스(DDS)’라고 불릴
만큼 유명한 곳이었습니다. 피고인도 그러한 사실을 알고 있었
죠?”

“선배와 동기들이 농담 삼아 하는 이야길 들은 적이 있습니다.”

재석이 엉거주춤 대답했다.

“‘DDS’의 뜻을 물어봐도 될까요?”

“……드라이브(Drive)하고, 술(Drink) 마시고……, 섹스(Sex) 한
다는…… 뜻이에요.”

검사는 피고인석 책상을 주먹으로 내려치면서 방청객 쪽으로
몸을 돌렸다.

“그리고 술에 취해 인사불성이 되다시피 한 피해자를 피고인
은 일명 ‘DDS’라고 불리는 그 모텔로 데려갔고요?”

“네. 하지만 아까 말씀드렸듯이…….”

“피고인은 질문에 예, 아니오로만 답변해주세요!”

검사는 재빨리 검사석으로 걸어가 새로운 서류 한 장을 집어
들었다. 그는 서류를 방청객 앞에서 펼쳐 보이며 입을 열었다.

"국과수에서 보내온 법의학적 소견섭니다. 피해자의 질에서는 피고인의 정액 외에도 열상이 발견되었습니다."

검사는 시선을 재석에게 돌린 뒤 큰 소리로 말을 이었다.

"무엇보다, 피해자의 질 내 중간과 끝에서 피고인의 정액반응이 나타났다는 사실입니다. 피고인의 정액이 피해자의 질 내 중간과 끝에서 발견되었다는 것은, 피해자가 강간을 당한 직후에 사망했을 가능성이 높다는 사실을 말해줍니다. 그러니까 피해자는 강간당한 직후, 극도의 공포 속에서 도망을 쳤고, 저수지에 몸을 던진 겁니다. 이는 강간치사죄에 해당되는 사항으로서 아동, 청소년의 성 보호에 관한 법률 위반 및 형법 제301조, 301조의 2에 따라 무기징역까지 갈 수 있는 악질적인 범죄입니다."

'무기징역이라니.'

김은 어이가 없다는 듯 고개를 흔들었지만, 피고인석에 있던 재석의 얼굴색은 흙빛으로 변했다. 그는 울음을 터뜨릴 것처럼 일그러진 표정으로 김과 방청석에 앉아 있는 가족을 번갈아 바라봤다. 몇몇 방청객은 박수를 치며 검사의 논고를 환영했다. 하지만 판사는 무표정한 얼굴로 입을 열었다.

"방청객 여러분은 재판 진행에 방해가 되지 않도록 조용히 해주시기 바랍니다."

그런 다음, 검사석으로 돌아가는 젊은 검사와 변호사석에 앉아 있는 김을 내려다봤다. 판사의 시선이 피고인석에 있는 재석에게로 향했을 때, 그의 눈은 매섭게 변했다.

"변호인 반론하세요."

김은 자리에서 일어나 판사석을 향해 허리를 숙인 뒤 천천히 재석에게 다가갔다. 무기징역이라는 말에 충격을 받았는지 재석은 여전히 고개를 들지 못했다.

"검사는 지금 상황증거와 가능성만을 가지고 피고인의 죄를 묻고 있습니다. 자살한 피해자의 몸에서 발견된 정액반응과 열상……, 여기서 열상은 강제로 성관계를 가졌을 때에만 나타나는 상처가 아니라는 사실을 먼저 밝히고 싶습니다. 관계가 서툰 남녀 사이에서도 충분히 일어날 수 있는 일이며 검시관의 소견서에도 분명히 기재된 사실입니다. 또한 피해자의 몸에선, 피고인의 유죄를 증명할 만한 어떠한 폭행의 흔적도 발견되지 않았습니다."

김은 '사실'이라는 단어를 두 번이나 강조한 뒤에 재석에게 질문을 던졌다.

"피고인은 두 달 전에도 피해자에게 드라이브를 가자는 부탁을 받은 적이 있습니다. 기억나나요?"

재석이 말없이 고개를 끄덕였다.

"어디를 갔죠?"

"○○공단에 있는 합동법률사무소였습니다."

김은 판사와 방청객들과 일일이 시선을 마주치며 말을 이어갔다.

"왜 법률사무소를 가야 한다고 했습니까?"

"팀장이 자살했다고 해서요. 그 사건 때문에 만나야 할 변호사가 있다고 말했습니다."

그때 검사석에 앉아 있던 젊은 검사가 일어나 판사에게 항의했다. 판사는 검사의 이의제기를 받아들였다.

"변호사님, 이번 사건과 관계없는 내용에 대한 변론은 삼가하세요."

김은 고개를 좌우로 흔들며 대꾸했다.

"아닙니다. 재판장님, 지금 제가 말씀드리는 사항은 피해자의 자살과 밀접한 관련이 있습니다. 왜냐하면 피해자가 속한 부서에서 석 달 전에도 비슷한 자살 사건이 있었기 때문입니다."

김은 천천히 방청객 쪽으로 시선을 돌렸다.

"피해자가 근무했던 KC콜센터 해지방어팀에서만 지난 2년간 70여 명에 가까운 직원이 퇴사를 했고, 그중 서른두 명이 정신과 상담을 받았습니다. 3개월 전에는 업무 스트레스로 인해 해지방어팀 팀장이 자살했으며, 올해 또다시 불행한 사건이 일어난 겁니다."

잠시 침묵을 지키던 김이 재석이 앉아 있는 피고인석으로 되돌아 걸어갔다.

"피고인은 피해자가 법률사무소에서 변호사와 나누는 대화를 함께 들었죠?"

"네."

"어떤 내용이었습니까?"

"팀장의 자살과 관련된 이야기들이었어요. 주로 KC콜센터의 해지방어팀과 관련된 내용이었습니다."

"예를 들면요."

"이중계약과 임금차별, 초과근무, 실적 요구 등에 대한 불합리한 대우와 그로 인한 업무 스트레스에 관한 것이었어요."

김은 재판정 중앙으로 걸어 나갔다.

"놀라운 사실은 정신과 상담을 받은 서른두 명의 직원 중에 열다섯 명이 피해자와 같은 현장실습생이었고, 모두 해지방어 팀에서 일했다는 겁니다. 피해자 역시 극심한 스트레스로 힘들어했고요. 피해자와 같이 실습을 나갔던 두 명의 학생들은 한 달을 채 버티지 못하고 모두 학교로 돌아갔지만, 소녀 가장이나 다름없던 피해자는 그럴 수 없었습니다."

김은 피고인석으로 눈길을 돌리며 말을 이었다.

"피해자는 동생들과 미화원인 어머니를 위해 돈을 벌어야 했으니까요. 또한 피해자는 전날, 학교에서 담임선생으로부터 뺨까지 맞은 사실이 있습니다. 졸업할 때까지 그곳에서 버티라는 말도 들었죠……. 그날, 피해자는 피고인에게 그런 사실을 모두 털어놨습니다."

김이 재석을 보며 물었다.

"맞습니까?"

"네."

"또 다른 이야긴 없었나요?"

"팀장의 자살과 관련해 변호사를 만난 사실을 담임선생님이 알고 있는 것 같다고 했습니다."

"왜 그런 생각을 하게 된 거죠?"

"취업 의뢰가 끊기면 책임질 수 있냐는 말을 담임에게 들었다고 했거든요."

김은 판사석 가까이 다가가며 입을 열었다.

"그러니까, 담임선생은 피해자에게 입조심하라는 말을 에둘러서 한 거군요."

"네."

김이 판사를 올려다보며 소리쳤다.

"피해자가 만난 변호사는 해지방어팀 팀장의 자살 사건으로 KC콜센터에 손해배상청구소송을 준비 중이었습니다. 피해자는 그 사건에 중요한 증인이었고요. 따라서 저는, 이 사건과 관련된 피해자의 담임선생과 현장실습을 나갔던 동기들, 피해자가 만난 변호사를 증인으로 채택해줄 것을 요청하는 바입니다."

판사는 수긍하는 표정으로 검사에게 시선을 돌렸다. 검사 역시 별다른 이의제기를 하지 않았다. 판사는 법봉을 두드린 뒤 마이크 앞으로 몸을 살짝 숙이면서 입을 열었다.

"좋습니다. 다음 재판은 7일 뒤인 2월 19일 오후 세시, 이곳 2호 법정에서 속개하겠습니다."

2

조 변호사와 헤어진 다음 날 김이 제일 먼저 한 일은 해나와 함께 현장실습을 나갔던 학교 동기들을 만나는 일이었다. 그들의 연락처를 알아내는 일은 어렵지 않았다. 재석이 학교 후배를 소개해줬고, 그 후배를 통해 그들과 통화를 할 수 있었다. 수화기 속에서 흘러나오는 아이들의 목소리는 풀이 죽어 있었다. 해나의 죽음에 대해 그들 또한 충격을 받은 게 틀림없었다. KC콜센터를 나와 뒤늦게 입시 준비를 했던 소연이라는 아이는, 해나의 자살을 믿을 수 없다고 말했다.

"실습생 중에서 해나처럼 강한 아이는 없었어요. 우리가 그만둘 때도 해나는 센터에서 일 잘한다고 칭찬 들을 정도였거든요."

한 달을 채우지 못하고 회사를 그만둔 이유에 대해서도 그녀의 대답은 비슷했다.

"해지방어팀을 왜 욕받이 부서라고 부르는지 알 수 있었어요. 전 지금도 전화기에서 흘러나오는 사람들의 목소리가 무서워요……. 의사선생님은 그걸 트라우마라고 했어요. 트라우마가 생길 만큼 힘든 일을 겪은 거라고요."

김이 만나서 이야기를 나누고 싶다고 했을 때 그녀는 선뜻 대답하지 못했다. 소연뿐 아니라 아버지 식당에서 일을 하고 있던 윤정이라는 친구도 마찬가지였다. 그리고 며칠 뒤 재석의 후배를 통해 학교에서 두 사람에게 연락했다는 사실을 알게 되었다. 일종의 입막음이었다. 그러나 김은 포기하지 않았다. 두 번째 통화에서 김은 해나의 죽음이 개인의 문제가 아니라는 사실을 각인시키려고 노력했다.

"잘못된 일을 바로잡기 위해선 용기가 필요해요. 현실을 바로보지 않고 피하기 시작하면 끝내 부메랑이 되어 돌아오는 거죠. 그들은 해나 사건을 감추기 위해 선배인 재석을 끌어들였어요.

무엇보다 나쁜 건 학생들을 보호해야 할 학교와 교육청마저 대기업에 굴복당하고 있다는 사실이에요."

김은 진지하게 그들을 설득했고, 결과는 만족스러웠다.

2월 초순이 되자 봄처럼 따뜻한 날이 이어지기 시작했다. 한국이 점점 더 아열대기후로 변해간다는 사실을 새삼 느낄 수 있었다. 주말과 동시에 야외로 빠져나가는 사람들이 많아지면서 토요일 정오 무렵의 도심은 한산했다.

소연과 윤정은 아직 고등학생 티를 벗지 못한 앳된 얼굴이었다. 그녀들과 함께 나온 남자는 윤정의 외삼촌이었다. 그는 일선 파출소에서 순경으로 일하고 있다고 자신을 소개했다. 김은 그에게 명함을 건넨 뒤 해나의 자살 사건과 재석의 재판 과정에 대해 간략하게 설명했다.

"저도 조카를 통해 그 이야기를 들었어요. 해나를 몇 번 본 적도 있고요……. 안타까운 일입니다."

그는 누나와 매형이 아이 걱정을 많이 하고 있다는 사실을 강조했다.

"한국 사회라는 게 그렇잖아요. 모나지 않게 행동하는 게 일종의 처세술이죠. 침묵하고 외면하는 한 피해 볼 일은 없으니까요."

"하지만 이미 두 사람도 피해자가 되었죠."

그는 대답 대신 옆에 앉아 있는 윤정과 소연을 힐끗거렸다.

"소연이는 아직도 전화받는 걸 무서워한다고 들었어요."

김이 말했다.

"윤정이도 마찬가집니다."

그가 대꾸했다. 카페 종업원이 테이블 위에 음료수와 비스킷을 내려놓고 돌아간 뒤에 김은 다시 윤정과 소연에게 말을 걸었다.

"먼저 두 사람에게 고맙다는 말을 전하고 싶어요."

윤정과 소연은 얼굴을 붉히며 살며시 고개를 숙였다.

"많은 고민을 했을 거라고 생각해요. 하지만 차가운 물속에 몸을 던진 해나를 위해서라도 조금만 더 용기를 내줬으면 좋겠어요."

"네……."

윤정이 나지막한 목소리로 대답했다. 김은 두 사람에게 미소를 건넸다. 그는 보이스레코더를 테이블 위에 올려놓으며 미리 양해를 구했다.

"기록을 위해 녹음을 하겠습니다."

김은 보이스레코더의 녹음 버튼을 누르고 아메리카노를 한 모금 마신 뒤 질문을 던졌다.

"해나와 재석……, 두 사람 사이는 어땠나요?"

"친했던 걸로 기억하고 있어요. 도서부 선후배 사이기도 했으니까요."

윤정이 대답했다.

"도서부요?"

"네. 해나가 1학년일 때 재석 선배가 3학년이었거든요. 도서부 활동을 하면서 자주 어울려 다녔을 거예요."

"해나가 재석 선배에 대해 말한 적이 있나요?"

"힘들 때마다 의지가 된다고 했었어요."

자살을 앞둔 해나가 재석에게 연락한 이유를 알 것 같았다.

"여자 동기들 사이에서는 어땠어요? 재석 선배……."

윤정이 소연을 힐끔거렸다. 소연이 고개를 끄덕이며 윤정 대신 입을 열었다.

"인기가 많은 편이었어요. 우리 학교 학생치곤 집안도 괜찮은데다 공부도 잘했거든요. 그래서 해나가 가깝게 지내는 거라고 뒤에서 소곤거리는 아이들도 있었어요."

"졸업한 뒤에도 해나가 자주 연락을 했었다고 들었는데."

"현장실습을 나간 뒤부터요……. 안 좋은 일이 있을 때마다 재석 선배에게 톡이나 전화로 투덜대는 모습을 본 적이 있어요."

"그럴 때마다 재석은 친동생처럼 해나를 챙겨줬군요."

소연과 윤정이 동시에 고개를 끄덕였다. 소연은 해나와 재석이 함께 모텔에 투숙했다면, 두 사람 사이의 관계는 일방적이진 않았을 거라고 말했다.

"해나도 재석 선배에 대해 좋은 감정을 갖고 있었단 말인가요?"

"공식적으로 사귄 건 아니지만요……. 전 그렇게 느끼고 있었어요."

김의 시선이 윤정에게로 향했다. 윤정 역시 소연과 같은 생각이라고 조심스레 말했다. 두 친구의 증언이 법정에서는 어떤 영향을 미칠까. 김은 화제를 바꿔 현장실습에 대해 질문을 던졌다.

"한 달도 되기 전에 KC를 그만두게 된 이유를 물어봐도 될까요?"

"콜센터는 원래 저희 전공과는 상관없는 곳이었어요. 학교에서는 성적순에 따라 일방적으로 취업을 보냈고요. KC는 졸업한 선배들로부터 안 좋은 소문이 돌았던 곳이라 찝찝했지만 어쩔 수 없었어요."

"처음부터 그곳에 취업하고 싶은 마음이 없었단 거군요."

"네."

"취업을 나간 이유는……, 그럼?"

"일단 기업에서 취업 의뢰가 들어오면 학교에서는 무조건 학생들을 뽑게 돼 있어요. 그러지 않으면 다음 학년이 불이익을 받게 되니까요."

"불이익요?"

"내년엔 우리 학교로 취업 의뢰를 하지 않는 거죠. 더구나 KC는 R그룹이란 타이틀이 있어서 더더욱 신경을 쓸 수밖에 없었어요."

"그래서 학과 선생님들은 학교와 후배들을 위해서라도 꼭 취업을 나가야 한다고 강조하곤 했죠."

소연이 덧붙였다. 하지만 김은 선뜻 이해가 되지 않았다.

"KC는 학생들이 기피하는 기업이라고 했잖아요."

"취업률 100퍼센트. 그게 우리 학교의 모토예요. 인문계 고등학교에선 서울대에 몇 명을 보냈느냐가 자랑이듯이 저희 실업계 고등학교에서는 어느 기업에 몇 명이나 취업을 시켰느냐가 중요하거든요. 거기다 KC는 R그룹과 관련이 있잖아요. 자랑할 만한 건더기가 있는 거죠. 그래야만 내년에 더 많은 신입생을 뽑을 수 있고, 교육청으로부터 취업률 연관 지원도 받을 수 있어요."

"교육청에서 지원을 받는다고요?"

"저희도 자세히는 알지 못해요. 선생님들에게 들은 이야기니까요."

김은 길게 한숨을 내쉬었다. 학생들을 보호하고 책임져야 할 학교가, 오히려 근무 조건이 열악한 기업에 매년 값싼 인력으로 현장실습생들을 공급하고 있었던 셈이다. 더구나 그런 시스템을 교육청에서 권장하고 있었다는 사실이 좀처럼 믿기지 않았다.

"근무 여건은 어땠어요?"

"처음 2주간은 신입 교육을 받았어요. 기본적인 엑셀이나 워드 사용법부터 고객들을 상대할 때 필요한 대화 에티켓이나 상품 소개를 위해 필요한 전문 지식을 알아야 했거든요."

"그럼 2주 뒤부터 콜센터 업무를 시작한 건가요?"

"네. 저희 현장실습생들은 모두 SAVE팀으로 가게 됐어요. SAVE팀(해지방어팀)은 두 부서로 나뉘는데 저희는 1팀에, 해나는 2팀으로 발령을 받았어요."

"왜 해나만 2팀으로 가게 된 거죠?"

"거긴 인센티브가 세니까요. 해나는 돈을 좀 더 벌 수 있는 SAVE 2팀으로 가길 원했어요."

"지원을 했다는 말인가요?"

"네."

소연은 뒤이어 1팀과 2팀의 업무에 대해 간략하게 설명했다. 1팀은 해지를 원하는 고객들의 전화에 대응하는 팀이고 2팀은 그 고객들의 리스트를 뽑아 본격적으로 해지방어에 나선다고 했다. 각종 혜택을 미끼로 고객의 마음을 돌리는 게 해지방어 2팀의 주된 업무라고 말했다.

"2팀에 대해선 해나로부터 들은 이야기가 다지만, 저희가 근무했던 1팀의 일도 만만치 않았어요. 라운딩을 돌면서 감시하는 직원들이 따로 있는 데다 화장실을 갔다 오는 것조차 눈치를 봐야 할 만큼 콜 수에 대한 압박도 심했거든요."

"거기다 해지를 원하는 고객들을 상대하는 일은 감정노동에 가까웠어요. 욕설과 함께 무작정 화부터 내는 사람이 있는가 하면 노골적으로 뭔가 해주기를 바라는 사람들도 많았고……, 또…… 음담패설을 늘어놓는 아저씨들도 있었어요."

윤정이 소연의 말에 끼어들었다. 처음부터 현장실습생들에게 해지방어를 맡긴다는 것 자체가 일반적이지 않은 일이라고 두 학생은 강조했다.

"해나의 경우엔 콜 수도 콜 수지만 실적 압박도 대단했다고 들었어요. 사실 해지방어팀 팀장이 자살한 것도 실적 압박에 따른 스트레스 때문이라고 알고 있거든요."

"초과근무나 계약에 대해선 어때요?"

김이 물었다. 그의 미간에 굵은 주름이 일었다.

"학교에서 작성하는 현장실습 협약서라는 게 있는데 그와는 별도로 계약서를 쓰게 했어요."

"이면계약을 했다는 뜻인가요?"

소연이 고개를 끄덕였다.

"이면계약서에는 학교에 처음 취업 의뢰가 들어왔을 때 책정된 금액보다 낮은 임금을 지불한다고 되어 있어요. 거기다 한 달을 채우지 않았다는 이유로 임금과 별도로 책정된 수당을 받을 수도 없었고요."

"지금까지?"

윤정과 소연이 동시에 고개를 끄덕였다.

"여덟 시간 이상 초과근무도 자주 했나요?"

"네. 콜 수를 채울 때까지 퇴근시키지 않았어요."

직업교육법과 노동관계법에서 이중으로 보호를 받아야 할 현장실습생들을 오히려 대기업 관련 회사에서 착취하고 있었던 셈이다. 해나 역시 그런 과도한 실적 경쟁과 콜 수 문제, 해지방어라는 SAVE팀 고유의 업무에서 오는 스트레스를 견딜 수 없었을 것이다. 거기다 해나가 내부고발자라는 게 밝혀졌다면 계획적이고 조직적으로 회사 내에서 따돌림당했을 가능성이 많았다. 그런데도 왜 해나는 학교로 돌아가지 않았을까? 어머니와 그 문제에 대해 상의하지 않은 이유는 뭘까? 정말 경제적인 이유 때문이었을까? 여러 가지 의혹들이 김의 머릿속에서 맴돌기 시작했다.

"왜 해나만 참고 견뎌야 했을까요? 자살할 만큼 힘든 상황인데도……."

서로의 눈치를 보던 소연과 윤정이 동시에 입을 열었다.

"학교에서 좋아하지 않으니까요."

"무슨 뜻이죠?"

"현장실습생들이 중간에 빠져나가면 당연히 학교에도 컴플레인이 들어와요. 우리 학교에 취업 의뢰를 하는 기업들도 따지고 보면 고객이나 마찬가지니까요."

"그래서 해나의 담임선생도 학교를 졸업할 때까지만이라도 그곳에서 버티라고 말한 거군요?"

소연과 윤정이 다시 고개를 끄덕였다.

"선생님들의 고과에도 반영된다고 알고 있어요."

담임이 해나의 뺨을 때린 이유가 그 때문이라면 그는 담임 자격이 없는 사람이라고 김은 생각했다.

"그럼, 학생들은 어떻게 KC에서 나올 수 있었죠?"

"부모님들이 학교로 찾아가 교장선생님과 직접 면담을 했거든요. 저 같은 경우엔 아버지 식당에 취업을 나가는 것으로, 소연인 취업이 아닌 입시로 진로를 바꾼다는 조건으로 학교에서 승낙을 받은 거예요."

"어떻게든 학교 측에선 취업률 100퍼센트를 고수하는 조건이었군요."

"네."

"해나는 가정 형편상 그럴 수가 없었던 거고요."

"가정 형편도 형편이지만……."

윤정이 길게 한숨을 내쉰 뒤 말을 이었다.

"부모님 도움을 받을 수 없었다면 저희도 빨간 조끼를 입고 청소하러 다녔을 거예요."

"무슨 소리죠?"

"현장실습을 나갔다 중간에 돌아온 아이들에겐 제재가 가해
지거든요."

"제재? 학교에서요?"

"네. 교실에서 공부를 할 수도 없고, 재취업의 기회도 주어지
지 않아요. 설혹 나간다 해도 근무 조건이 좋은 곳은 어림도 없
고요. 대신 졸업할 때까지 빨간 조끼를 입고 학교 주변을 청소
하거나 선생님들 잔심부름을 다녀야 해요. 소녀 가장이나 다
름없던 해나는 그걸 두려워했어요. 자신은 돈을 벌어야 한다
고……."

김은 고개를 좌우로 흔들었다. 식도를 타고 내려가는 커피의
맛이 씁쓸하기만 했다. 조 변호사의 말을 어느 정도 이해할 수
있을 만큼. 해나는 자살이 아니라 살해당한 거나 마찬가지라는
냉혹한 현실에 대해서도.

소연과 윤정은 취업을 나간 뒤 세상의 무서움을 알게 되었다
고 말했다. 소연이 대학을 가기로 마음을 바꾼 이유도, 윤정이
아버지 식당에서 일을 배우기로 결심한 이유도 모두 KC에서 겪
은 경험 때문이라고 털어놨다.

"하지만 해나는 기댈 곳이 없었어요. 강한 척 우리에겐 큰소
리를 쳤지만, 해나 역시 그곳이 지옥처럼 느껴졌을 거예요. 그게
너무 안타까워요."

김은 테이블 위에 올려놓은 보이스레코더의 녹음 상태를 확

인한 뒤 전원을 껐다. 그리고 인터뷰에 응해줘서 고맙다는 짤막한 인사말을 두 소녀에게 남겼다. 하지만 테이블을 사이에 두고 앉아 있는 김의 마음은 무겁기만 했다. 카페와 마주한 도로에서 작은 접촉 사고가 일어났는지 운전자끼리 말싸움이 벌어지고 있었다. 그때 윤정이 주춤거리며 입을 열었다.

"그러고 보니…… 해나가 실종되기 일주일 전쯤, 제게 전화한 적이 있어요……. 그냥 안부 전화라고 했지만 안 좋은 일이 있었던 것 같았어요."

"무슨 소리죠?"

"이상한 이야길 들었거든요."

김뿐만 아니라 다른 두 사람의 시선도 모두 윤정에게 향했다. 그녀는 그런 상황이 부담스러운지 얼굴을 붉혔다.

"어떤 이야길 들었는데요?"

"알파벳 '에이'에 대해서요."

"알파벳 '에이'?"

"네. 호손의 『주홍 글씨』에 나오는 여자주인공처럼 자신에게도 'A'라는 꼬리표가 달린 것 같다고 했어요."

"이유가 뭐죠?"

윤정은 고개를 좌우로 흔들었다.

"그것까진…… 말해주지 않았어요."

세 사람과 달리 김은 의자 등받이에 몸을 기댄 채 길게 한숨을 내쉬었다. 그 순간 '내부고발자'라는 단어가 떠올랐기 때문이다.

3

법정에서 나와 사무실로 돌아가는 동안 김은 답답한 기분에
빠져 있었다. 퇴근 시간을 두 시간 정도 앞둔 시각이었지만 도로
위의 차들은 가다 서다를 반복하고 있었다. 라디오에서는 TBN
교통방송이 흘러나왔다. 김은 조수석에 던져놓은 가방으로 시
선을 돌렸다. 3년 전 부산의 한 대형마트에서 산 짙은 암갈색의
서류 가방은 세월의 흐름만큼이나 양모서리가 닳아 있었다. 소
가죽 특유의 질감도 없어지고, 색깔마저 퇴색한 구제 같은 느낌
의 가방이었다. 김은 가방 사이로 비집고 나온 서류철로 다시 눈
길을 돌렸다. 조 변호사가 참고 자료라며 건네준 해나의 증언록
이었다.

스피커에선 청년 시절부터 좋아했던 김광석의 노래가 흘러나
오기 시작했다. 김광석의 노랫말을 나직이 따라 부르며 마음을
가라앉히고 있을 때 휴대폰이 진동했다. 김은 휴대폰 화면에 뜬
낯선 번호를 바라보다 말고 미간을 찡그렸다. 블루투스를 이용
해 통화 버튼을 누르는 순간 김은 재판정에서 만났던 젊은 검사
를 떠올렸다.

"김 변호사님 맞으시죠?"

법정에서와는 달리 싹싹한 목소리로 그가 말을 걸어왔다. 김
은 짜증이 밀려왔지만 내색하지는 않았다.

"네. 맞습니다만……."

일부러 시치미를 떼며 말했다. 젊은 검사는 마치 오래전에 헤

어졌던 학교 선배를 만난 것처럼 반가운 목소리로 말을 이었다.

"안녕하세요, 선배님. 전 연수원 ○○기 임승범이라고 합니다. 부산대 법대 01학번이니까…… 선배님보다 10년 후배가 되는 셈이고요."

"제 전화번호는 어떻게 아셨습니까?"

"말씀 낮추세요, 선배님……. 염치없게도, 전번은 동문 변호사 모임의 총무를 맡고 있는 동기에게 부탁했습니다."

김은 모임이 있을 때마다 단체 문자를 보내던 총무의 능글거리는 얼굴을 기억해냈다.

'끼리끼리 어울린다더니 옛말 하나 그른 거 없어.'

"낮엔 증인 채택에 동의해줘서 고마웠어."

"무슨 그런 말씀을요. 당연한 일인데요. 그나저나 재판 시작하기 전에 점심이라도 한번 같이하셨으면 하는데……."

"무슨 할 이야기라도 있나?"

"특별한 건 아니고요……. 저 역시 변호사로 곧 이직할 계획이라 선배님 얼굴도 뵙고, 또 가르침도 받고자……."

생긴 것과는 다르게 넉살이 좋아 보였다. 하지만 다른 꿍꿍이가 있을 거란 느낌을 지울 수 없었다. 거기다 검사의 말투가 처음부터 마음에 들지 않았다.

"합의 볼 생각이라면 사절이야. 그리고 자네가 내게 전화한 것 자체가 도리에 어긋난다는 건 알고 있겠지?"

휴대폰 너머에서 젊은 검사의 웃음소리가 튀어나왔다.

"식사가 부담스러우시다면 가볍게 차나 한잔하셔도 됩니다,

선배님."

검사는 전혀 물러설 기미가 보이지 않았다.

'이런 경우엔 정면 돌파가 오히려 나을 수 있지.'

"단도직입적으로 말해줘. 원하는 게 뭐지?"

잠시 뜸을 들이던 그가 대꾸했다.

"의뢰인이 정말 무죄라고 생각하진 않으시잖아요."

김은 하마터면 신호를 놓칠 뻔했다. 신호등 앞에서 급브레이크를 밟자 건널목을 지나가던 행인 몇 명이 인상을 쓰면서 김을 노려봤다.

"그 이야기라면 정말 할 말이 없어. 그리고 앞으론 이 번호로 오는 전화는 받지 않겠어."

말을 끝내자마자 김은 서둘러 휴대폰의 종료 버튼을 누르려고 했다. 그때, 젊은 검사의 목소리가 다시 휴대폰에서 흘러나왔다.

"보강수사를 하는 동안 제보가 들어왔어요."

'제보라니…….'

김이 침묵을 지키자 젊은 검사가 덧붙이듯 말을 이었다.

"자살한 서 팀장 말입니다. 해나와 그렇고 그런 사이라는 거……, 알고 계셨습니까? 해나가 서 팀장과 호텔에 들어가는 걸 목격한 사람도 있다는 사실을요."

"무슨 말이 하고 싶은 거야?"

짜증스러운 목소리로 김이 대꾸했다. 신호등이 다시 초록색으로 바뀌자 김은 액셀러레이터를 신경질적으로 밟았다. rpm이 올라가면서 차에 속도가 붙기 시작했다.

"그럼, 이렇게 말하면 어떨까요? 서 팀장은 가상화폐에 손을 댔다가 많은 빚을 졌고, 해나에게 돈을 빌리기까지 했다……."

"두 사람 사이에 채무관계가 있었단 말이야?"

"일반적인 채무관계라기보단 해나가 이용당했을 가능성이 커요……. 해나는 팀장을 진지하게 만나고 있었지만, 그 사람은 이미 딸 하나를 둔 유부남이었거든요. 게다가 사채까지 끌어다 돌려막기를 해야 할 만큼 벼랑 끝으로 몰린 상황이었어요."

김은 더 이상 참을 수가 없었다. 콘솔박스 안에 있던 자이리톨 껌 몇 알을 꺼내 입으로 가져갔다. 그리고 운전석의 차창을 열었다. 싸늘한 바람과 함께 도시의 소음이 그대로 밀려 들어왔다.

"약속을 정해봐. 만나서 이야기하지."

어느 정도 마음의 안정을 되찾은 뒤에 김이 내뱉었다. 젊은 검사는 답변을 정해놓은 것처럼 자연스럽게 약속 장소와 시간을 말했다.

"내일 열두시쯤 어떠세요? 선배님 사무실 근처에 꽤 괜찮은 일식집이 있던데요. 거기로 예약 잡아놓겠습니다."

'시미즈'라는 일식집을 말하는 것 같았다. 가끔 접대할 손님들이 있을 때마다 김이 찾아가는 식당이었다. 그 역시 동문 변호사 모임의 총무가 알려준 게 틀림없었다. 언젠가 총무를 비롯해 몇몇 동문과 함께 '시미즈'에서 점심을 먹은 적이 있었다.

"좋아. 그렇게 하지."

4

임승범이라는 젊은 검사에 대해 말해준 건 사무장이었다. 김
보다 두 살 많은 그는 이 바닥에서 베테랑으로 통했다. 사무장은
젊은 검사가 학교 후배라는 것과, 곧 검사직을 그만두고 한국에
서 제법 이름난 법무법인으로 이직할 계획이란 정보를 귀띔해
주었다. 김은 그때까지만 해도 "설마 그 법무법인이 '루&로'는
아니겠죠?" 하고 농담까지 덧붙였다. '루&로'는 국내 5대 메이
저 로펌 중의 하나로 다국적기업, 그룹, 거물 정치인 들을 주 고
객으로, 기업의 구조조정이나 M&A, 해외투자, 지식재산권 자문
등을 전문으로 하는 법무법인이었다.

"물론 뒷조사까지 끝내주죠. 먼지까지 탈탈 털어서 약점을 잡
는 덴 일가견이 있다고 들었어요. 재판에 이기기 위해선 수단과
방법을 가리지 않는다는 소문이에요. 변호사님도 조심해야 할
겁니다."

저녁으로 국밥에 소주 한 병을 나눠 마시며 사무장은 그런 충
고까지 잊지 않았다. 김은 조수석에 있던 해나의 인터뷰 자료들
로 다시 눈길을 돌렸다. 이로써 분명해지는 건 KC콜센터 뒤에 R
그룹이 있다는 사실이었다. 법무법인 '루&로'의 거물 고객 중의
하나가 바로 R그룹으로 알려져 있기 때문이다.

1997년, 한국에 IMF가 터지면서 그동안 누렸던 경제 호황은
거품처럼 사라졌다. 알짜배기 공기업들은 부실채권 정리를 전

문으로 하는 론스타 같은 투기성 해외 자본에 헐값으로 팔려나 갔고 정리해고가 유행처럼 사회 곳곳을 파고들었다. 경제성장 률과 1인당 국민소득은 정체되거나 오히려 뒷걸음질 치기 시작 했고, 실질임금은 물가를 따라가지 못했다. 빚더미에 오른 자영 업자가 늘어나면서 이혼율과 자살률이 동시에 증가했다. 이러 한 사회현상은 경제위기라는 두려움을 낳았고, 국내 많은 기업 들은 살아남기 위해 보다 쉽고 안전한 방법을 선택했다. 과감한 투자 대신 정규직 사원을 줄이고 그 틈을 계약직이나 아웃소싱 으로 메우는 방법이었다. 노조 걱정 없이, 똑같은 일을 시키면서 임금을 절반으로 줄일 수 있는 매우 획기적인 시스템이었다.

재벌 회장 출신의 대통령까지 나와 독려할 만큼 마이스터고 의 부활은, 당시의 사회 상황과 잘 맞아떨어졌다. 기업들에게도 학력 인플레가 심한 한국 사회에서 양질의 저가 노동력을 공급 받을 수 있는 현장실습생 제도는 매력적이었다. 3학년 1학기가 끝날 무렵부터 시작되는 현장실습은 실업계 고등학생들에게 사 회에 첫발을 내딛는 중요한 순간이었다. 하지만 매스컴이나 정 치인들이 떠들어대는 '고졸 신화'나 '학력 파괴', '실력 본위의 기업문화' 같은 건 애당초 존재하지 않았다. 현장실습생들의 대 다수가 소연과 윤정처럼 스스로 회사를 그만두거나 진로를 바 꾸게 되는 이유도 거기에 있었다.

같이 점심이나 먹으러 가자는 사무장에게 '시미즈'에서 약속 이 있다고 말했다. 사무장은 금세 눈치를 챘는지 속을 보이지 말라고 조언했다. 일종의 찔러보기일 가능성이 농후하며, 그게 아니라면— 재판에서 김이 유리한 위치를 선점했다는 걸 증명하는 셈이라고.

"오늘 해나와 팀장과 관련된 새로운 사실들을 알게 될 겁니다."

"그들이 뭐라던 진실은 하나예요. 팀장과 해나가 자살했다는 거죠……. 잊지 마세요."

김은 말없이 고개를 끄덕이면서 그에게 미소를 건넸다.

임 검사는 김이 도착하기 10분 전에 이미 '시미즈' 전용 주차장에 차를 댔다. 그는 예약된 방으로 들어가기 전에 누군가와 통화를 하고 주문까지 끝냈다. 40대 중반의 여종업원이 "따로 필요한 건 없습니까?"라고 물었을 때, 검사는 잠시 천장을 올려다보다 말고 "하쿠시카 준마이" 하고 청주를 주문한 뒤 "날씨도 쌀쌀하니, 데워주시면 좋겠어요"라고 덧붙였다. 여종업원이 뒷걸음질 치다 말고 멈칫거렸다. 마침 김이 방으로 들어가기 위해 신발을 벗고 있었다. 임 검사는 방문 앞에 서 있는 김을 보고 자리에서 벌떡 일어나 허리부터 구부렸다. 하지만 김에게는 그의 행동이 부담스럽기만 했다. 두 번째 재판을 앞두고 검사와 변호사가 밀실에서 만난다는 것 자체가 도덕적이지 않았다.

"이렇게 쉽게 승낙하실지 몰랐습니다."

김은 다다미방에 앉으며 대꾸했다.

"히든카드를 공개하는 이유가 궁금했거든."

"아이고, 참……."

임 검사는 손사래를 치며 웃음을 터뜨렸다. 김은 맞은편 식탁에 앉은 뒤에야 검사의 이목구비를 천천히 살펴볼 수 있었다. 30대 후반의 평범한 얼굴이었지만 눈빛이 살아 있었다. 저 눈빛 때문이었을까. 지방 국립대 출신으로 '루&로' 같은 대형 로펌에 들어가는 건 결코 쉬운 일이 아니었다.

'배경이 있거나 실력이 좋거나 둘 중에 하나지.'

"제보자들은 전부 회사 사람들이겠지?"

"KC콜센터 직원들도 있었지만, 전혀 관계가 없는 사람도 있었어요."

"예를 들면?"

"팀장에게 돈을 빌려줬던 사채업자의 경우죠."

"그들이 왜?"

"돈을 돌려받기 위해 뒷조사를 꼼꼼하게 했으니까요."

"해나와 팀장의 관계까지?"

임 검사는 대꾸하는 대신 서류 가방에서 몇 장의 사진을 꺼내 펼쳤다. 김은 그가 식탁 위에 올려놓은 사진을 말없이 내려다봤다. 호텔 근처에서 서성거리는 팀장과 해나의 얼굴과 전신을 찍은 사진이 틀림없었다. 뒤이어 두 사람이 호텔 안으로 들어가는 뒷모습까지 찍혀 있었다.

"혹시나 해서 찍어둔 거래요. 여차하면 저 사진으로 팀장을 협박할 생각이었다고 했거든요. 돈을 갚지 않으면 사진을 아내에게 보내버리겠다고 말이죠……. 덕분에 팀장과 해나의 불륜 사실까지 밝혀낼 수 있었지만."

잠시 침묵을 지키던 그가 다시 입을 열었다.

"물론 불륜죄라는 게 사라지긴 했지만요."

여종업원이 요리 몇 가지와 함께 전복죽을 가지고 방으로 들어왔다. 임 검사가 주문한 술은 도쿠리에 담겨 있었다. 김은 '술도 시켰나?' 하는 표정으로 도쿠리에서 올라오는 하얀 수증기를 멍하니 바라봤다.

"날씨가 갑자기 쌀쌀해져서요."

'눈치 하난 빠르군.'

"이 사진만으로 두 사람이 불륜관계라는 걸 어떻게 확신할 수 있나?"

"선배님은 피해자에 대해 얼마나 알고 계시는데요?"

임 검사가 반문했다.

"그런 질문을 하는 의도가 뭐지?"

"그녀의 죽음에 대해선 저 또한 안타까운 마음입니다. 하지만 조사를 하는 과정에서 한 가지 느낀 점이 있어요. 피해자인 해나 역시 괜찮은 친구라고 단정 짓긴 어렵다는 사실이죠."

"완벽한 사람은 없어. 누구나 장단점을 가지고 태어나지."

"후후후. 맞아요, 선배님……."

임 검사의 얼굴에 희미한 미소가 번졌다. 김은 그런 그의 반응이 마음에 들지 않았다.

"그럼 이번엔 내가 질문을 하지. 왜 이렇게까지 노력하는 건가?"

검사의 업무 강도로 볼 때 임 검사가 이번 재판에서 기울이는 노력은 과한 구석이 많았다. 국선변호를 맡은 변호사의 사무실 앞까지 찾아오는 담당 검사는 이제껏 본 적이 없으니까. 사무장의 말대로라면 검사 옷을 벗기 전에 화려한 엔딩 장면을 연출하고 싶었는지도 모른다. 그게 아니라면 '루&로'에서 '옵션' 개념으로 임 검사에게 무언의 요구를 했는지도.

"선배님, 죄송하지만 한 잔 마시겠습니다."

대꾸하는 대신 임 검사는 데워진 청주를 잔에 따랐다. 시큼한 누룩 냄새와 함께 청주 특유의 진한 향이 방 안에 퍼져나갔다.

"아세요? 중국에선 손님이 직접 가져온 술을 마셔도 주점에서 제재를 가하지 않아요. 가게에서 파는 술도 믿을 수 없을 만큼 가짜 술이 널리 유통되고 있거든요."

"무슨 말이 하고 싶은 거야?"

"가짜와 허용."

'가짜와 허용이라니……'

"참고로 난 둘러서 하는 말은 좋아하지 않아."

임 검사의 시선이 다시 방문으로 향했다. 조금 전에 마주쳤던 종업원이 메인요리인 숙성된 참치회를 가지고 들어왔다. 돌판 위에 장식된 회는 먹음직스러웠다. 임 검사는 종업원이 나가는 걸 보면서 잔을 입으로 가져가 단번에 들이켰다.

"사건의 원인을 당사자들이 아닌 외부로 돌리는 건 법정에 대한 불신만 가중시킬 뿐이에요. 식당에서 파는 술을 믿지 못하게 되는 것처럼요."

임 검사는 뒤이어 김에게 질문을 던졌다.

"해나의 죽음이 뭣 때문이라고 생각하세요?"

"그건 재판이 끝나봐야 알 수 있지 않겠나."

"선배님이 해나 사건을 맡은 이유가 궁금했습니다. 솔직히 말하면 두 사람 사이에 공통분모를 찾을 수 없었거든요."

임 검사가 김의 잔에도 술을 따라주었다.

"의뢰를 받았어."

"역시……."

임 검사 입에서 조 변호사의 이름이 나오는 건 시간문제 같았다. 조 변호사처럼 그녀가 속한 변호사 그룹의 정치적 성향도 자연스럽게 한쪽으로 치우친 경향이 강했다. 나쁜 표현을 빌리자면, 임 검사가 말한 '가짜' 술은 아니더라도, 그들은 사건의 핵심을 피해자와 가해자 두 개인에게 한정 짓기보다는 좀 더 포괄적인 범위―예를 들면 사회의 부조리한 시스템이나 권력의 횡포, 부정부패에서 그 근본 원인을 찾고 싶어 했다.

"조 선배님은 몇 해 전 뵌 적이 있어요. 공단으로 들어가기 전이었을 겁니다."

"최근에 수술을 받았네."

"그 때문에 선배님이 해나 사건을 맡으신 거고요."

"조 변이 수술을 앞두고 날 찾아왔지."

임 검사는 다시 잔을 들어 김에게 건배를 청했다. 김은 마지못하는 척 잔을 들었다.

"어쩌면, 해나가 죽기까지 콜센터의 책임도 있을 겁니다. 회사에서도 그걸 부정하지는 않을 거예요. 유족에게 도의적인 책임을 질 만큼요."

임 검사는 다시 술잔을 입으로 가져갔다.

"하지만 재판의 핵심은 죄와 벌이어야만 해요. 도스토옙스키의 소설 제목처럼요."

"그걸 가리는 게 우리 일이잖아……. 하지만 난 자네와 좀 다른 견해를 갖고 있어. 결과만 중시하는 재판 역시 가짜 술처럼 사람들에게 불신만 야기시킬 뿐이니까."

김과 임 검사 사이에 잠시 침묵이 지나갔다. 김은 임 검사가 아직 중요한 뭔가를 말하지 않고 있다고 느꼈다. 자신의 반응부터 살피고 있을 뿐이라고.

'도대체 뭘 숨기고 있는 거지?'

"해나가 정말 재석을 사랑했다면, 다음 날 새벽에 자살할 이유 없었어요."

"재석이 그녀를 강간했다고 생각하나?"

"상황이 죄를 만들기도 한다……. 기억나세요? 정 교수님이 수업 시간에 했던 말이에요. 복학하고 처음 들었던 수업이었는데……. 그때 그 교수님의 말이 강하게 제 뇌리에 박혀버렸죠. 아직까지 그 문장을 떠올릴 만큼요."

학부 시절, 형법을 가르치던 정 교수는 법대생들에게 인기가 많았다. 김 역시 대학 시절 그 교수의 수업을 좋아했다.

'그래서 "상황"이란 단어를 좋아하는군.'

"진화심리학적 관점에서 보면 현대 인류의 대부분은 살인자의 피를 갖고 태어났어요. 누구나 나쁜 마음을 먹을 수 있는 거죠."

"상황만 갖춰진다면 말이지."

"네. 그리고 그날, 재석은 충분히 해나를 강간할 수 있는 상황이었고요. 술에 취해 인사불성이 되다시피 했고, 평소에도 그녀를 후배 이상으로 좋아했으니까……."

"그래서 강간치사 같은 무거운 죄로 재석을 고소한 건가?"

"누구보다 피해자의 처지를 잘 알고 있는 녀석이니까요. 최대한 형량을 높여야 한다고 생각했어요."

김은 구치소에서 만났던 재석의 얼굴을 떠올렸다. 머리카락을 쥐어뜯으며 해나의 마음을 다독여주기는커녕 육체를 탐닉했을 뿐이라고 자책하던 그의 행동 하나하나까지.

"팀장의 갑작스러운 자살도 해나에겐 큰 상처로 남았을 겁니다."

"도대체 이야기의 핵심이 뭐지?"

김은 길게 한숨을 내쉰 뒤 대꾸했다.

"조 변호사님은 처음부터 알고 있었어요. 두 사람 사이의 관계를요."

"불륜은 아니더라도, 친밀한 사이였다는 건 조 변호사 역시 인정하는 부분이야."

"하지만 KC콜센터에 그런 정보를 몰래 흘렸다는 사실은 모르고 계시잖아요."

"무슨 소리야?"

"휘슬블로어라고 하나요? 우리말로 하면 '내부고발자'요. 해나를 내부고발자로 만든 건 조 선배님이었고, 그 때문에 해나는 회사에서 따돌림을 당하기 시작했어요. 조직에 해를 가하는 고삐리 실습생을 좋아할 회사는 어디에도 없으니까."

당혹스러운 말이었지만 김은 애써 감정을 드러내지 않았다. 임 검사의 주장이 사실인지 아닌지부터가 불분명했기 때문이다. 무엇보다 조 변호사를 잘 아는 사람이 자신이라는 사실을 잊지 말아야 했다.

'조 변이 그럴 이유 없어.'

"이야기의 핵심은 그거예요. 조 선배님이 팀장의 자살 이전부터 KC를 상대로 소송을 준비 중이었다는 사실과…… 수단과 방법을 가리지 않고 그 소송에서 이기려고 하는 이유 같은 거죠."

"자네는 알고 있나?"

"네. 하지만 지금 말씀드리진 않겠어요."

"그 때문이었군. 날 보자고 한 이유가."

임 검사는 대답하는 대신 고개를 끄덕였다.

"일종의 선전포고라고 생각하시면 될 겁니다. 선배님이 사건의 피해자와 가해자에게 집중하지 않는다면, 저 또한 주변 상황을 이용할 생각이니까요."

"'루&로'에서 스카우트를 생각할 만큼 냉철한 구석이 있다는 걸 지금 깨닫게 됐어."

임 검사는 쑥스러운지 어깨를 으쓱이며 대꾸했다.

"선택과 집중이 중요하다는 걸 알고 있을 뿐입니다. 제겐 이 재판에 집중해야만 하는 이유가 있거든요."

김은 응답하는 대신 돌판 위에 장식된 회 한 조각을 입으로 가져갔다. 생각보다 만만찮은 후배를 만난 것 같았다.

'그나저나, 조 변에게 또다시 물어볼 말이 생겼군.'

임 검사가 여유로운 표정으로 도쿠리를 가리키며 김에게 말을 건넸다.

"선배님도 드셔보세요. '하쿠시카 준마이'……. 작년 봄에 아내와 함께 일본 여행을 갔다가 우연히 맛을 들인 사케거든요. 입속에 맴도는 향이 꽤 괜찮습니다."

김은 멈칫거리며 술잔을 입으로 가져갔다. 하지만 목구멍을 넘어가는 술맛은 밋밋하기만 했다. 물론 기분 탓이겠지만. 그때 임 검사가 덧붙이듯 김에게 질문을 던졌다.

"그런데…… 의구심이 들었던 적은 없으세요? 조 선배님이 왜 김 선배님에게 해나 사건을 맡겼는지요……."

콜센터

1

조 변호사를 찾아가는 동안 김은 한 번 더 젊은 검사의 말을 되씹어봤다. 해나와 팀장의 관계부터 소송 준비 중인 사건, 그리고 보호해야 할 증인에 대한 의도된 노출. 김이 평소에 알고 있던 조 변호사의 모습과는 다른 이질적인 행동이었다. 무엇보다 김을 당황하게 만든 건 조 변호사의 반응이었다. 전화상으로 그런 질문들을 던졌을 때 조 변은 긍정도 부정도 하지 않은 채 "만나서 이야기하는 게 좋겠어요"라고 담담하게 말했을 뿐이다.

병실에서 만난 조 변은 나흘 전보다 표정이 밝아 보였다. 퇴원 준비를 돕고 있던 그녀의 언니도 첫날보다 편안한 모습으로 김을 대했다. 한 시간쯤 뒤에 남편이 차를 가지고 올 거라는 말을 건넨 뒤, 그동안 병실 밖 공원을 산책하는 게 좋겠어요, 라고 조변은 말했다.

"물어보고 싶은 게 많아."

시선을 마주치며 김이 진지하게 말을 건넸지만 조 변호사는 침묵했다.

병원 뒤쪽의 야트막한 동산 주위로 환자들과 그 가족들을 위한 산책로와 공원이 만들어져 있었다. 늦겨울 같지 않은 훈훈한 날씨 때문인지 공원 주위를 감싼 침엽수림 사이로 청록색의 새싹들이 돋아나기 시작했다. 노란 복수초와 하얀 쇠별꽃이 드문드문 모습을 드러내고, 매화나무에도 분홍색 꽃봉오리가 하나둘 피어오르고 있었다. 정오를 넘어서자 따스한 햇살이 공원 전체를 뒤덮고 있었다. 그 덕분인지 공원을 산책하는 사람들이 많았다. 휠체어를 밀고 다니는 환자와 가족들, 또는 식사 후의 망중한을 즐기는 흰 가운을 입은 병원 직원들도 눈에 띄었다.

"당장이라도 공단 사무실로 달려갈 기세군."

조 변호사와 함께 공원의 가장자리에 있는 산책로를 걸으며 김이 말했다. 조변은 은근슬쩍 미소를 건네고는 산책로 가장자리에 설치된 흉상으로 눈길을 돌렸다.

"기회만 된다면요……. 남편이 가만있진 않겠지만."

김은 조 변이 가리키는 흉상을 멍하니 바라봤다. 뿔테 안경에 입술이 두툼한 병원 설립자의 얼굴은 고집스러워 보였다. 흉상 아래의 동판에는 "나는 환자의 건강과 생명을 첫째로 생각합니다"라는 히포크라테스선서 중 일부가 문구로 새겨져 있었다.

"아직 내 질문엔 대답할 마음이 없는 건가?"

"그보다…… 젊은 후배 녀석이 당돌하지 않아요?"

조 변호사가 팔짱을 낀 채 물었다.

"그 나이 땐 누구나 그러지 않아? 조 변도 마찬가지였던 걸로 기억하니까."

"그 정도로 제가 재수 없었어요?"

패닝점퍼 호주머니에 양손을 넣으며 조 변이 키득거렸다.

"지향하는 점이 다르긴 했지만 말야."

그가 산책로 쪽으로 방향을 틀자 조 변이 김의 뒤를 따라 걸으며 입을 열었다.

"'루&로'라고 했나요?"

"응."

"우리 학교 출신치곤……, 드문 케이스네요."

"실력도 야망도 있어 보이더군."

김이 힐끗거리며 말을 이었다.

"그리고 누구보단 내게 솔직한 것 같았어."

조 변호사는 어깨를 으쓱이며 "그렇군요" 하고 다시 키득거렸다.

"몸은 좀 어때?"

"괜찮아요. 항암치료를 받게 되면 또 모르겠지만. 머리카락이 빠지거나 입맛을 잃게 되면 연락할게요."

"하지 마. 그런 전환 받기 싫어!"

"후후. 그렇게 말할 줄 알았어요."

조 변호사는 햇살 아래에 놓인 벤치로 눈길을 돌렸다. 쉬어 가자는 뜻이었다. 김은 조 변호사와 나란히 벤치에 앉았다. 그녀는 벤치에 등을 기대자마자 점퍼 주머니에서 담배를 꺼내 입에 물었다. 김이 놀란 표정으로 말렸지만 그녀의 고집을 꺾을 순 없었다.

"이럴 땐 니코틴이 들어가야 마음이 편안해져요."

조 변호사는 담배 연기를 내뿜으며 김에게 미소를 지었다.

"그날 해나가 재석이와 같이 사무실에 들렀을 때요. 그때 처음 그 아이를 만난 건 아니었어요. 솔직히 해나가 제게 전화를 걸어왔을 땐 당황하기까지 했죠."

"무슨 소리야?"

벤치 등받이에 몸을 기대고 있던 조 변호사가 천천히 상체를 일으키며 김과 시선을 마주했다.

"후배 검사의 말대로예요. 전, 팀장이 자살하기 전부터 소송을 준비 중이었죠. 그러니까…… 해나를 처음 만난 건 11월 말이 아니라 추석을 보름 정도 앞둔 9월 초순경이었어요. 해나의 동기 둘이 모두 회사를 그만둔 직후였고, 해나 역시 마음의 동요가 심했던 시기였죠. 자살한 팀장에게 의존하게 된 계기도 그 때문이었을 거예요."

조 변호사는 담배 연기를 내뱉으며 다시 말을 이었다.

"당시 전 지방의 한 시민 단체와 함께 '고객 상담 선(先) 종료 정책'을 콜센터 직원들에게 허용해야 한다는 취지의 기사를 꾸준히 지면에 발표하고 있었어요. 때문에 콜센터 직원들로부터 꽤 유명세를 타고 있었죠."

"'고객 상담 선(先) 종료 정책'이란 건 또 뭐지?"

"몇 차례의 경고 뒤에도 지속적인 언어폭력을 가하는 진상 고객에 한하여 콜센터 직원들이 먼저 전화를 끊을 수 있는 권리를 말하는 거예요. 시민 단체의 조사 결과 그 정책을 취했을 때 콜센터 직원들의 업무 스트레스가 57퍼센트까지 감소한다는 사실도 밝혀냈죠."

"그런 상황에서 해나를 만나게 된 거야?"

"KC콜센터 팀장으로부터 연락이 왔어요. 노동연구소의 희준 씨가 절 소개해줬다고 했죠."

조 변호사가 고개를 끄덕이며 대꾸했다.

"고백할 게 있다고 했어요……. 저 역시, 콜센터와 관련된 일이라면 마다할 이유가 없었고요."

*

9호 태풍이 제주 해안을 따라 북상하면서 비바람이 세차게 몰아치고 있었다. 조 변호사는 자가용 대신 지하철을 이용해 약속 장소로 향했다. 자신을 콜센터 팀장이라고 밝힌 남자는 30대 초반에서 중반으로 보였다. 조 변호사가 공단에서 주로 접하는 노동자들과는 달리 그는 전형적인 화이트칼라의 모습이었다. 칼라가 잘 다려진 하얀 와이셔츠에 세련된 색상의 넥타이를 매고 있었다. 그의 옆에는 20대 중반으로 보이는 여자가 나란히 앉아 있었다. 짙은 화장에 싸구려 향수 냄새가 풍겼지만, 그래서 더 호감이 가는 여자였다.

"늦어서 죄송합니다."

자리에 앉으며 조 변호사가 말했다. 팀장은 고개를 좌우로 흔들며 대꾸했다.

"오히려 제가 미안합니다. 오늘 태풍이 지나갈 거라곤 생각지도 못했거든요."

"아……."

조 변호사는 카페 정문으로 나가 바람에 엎어진 메뉴판 설치대를 들고 들어오는 남자 종업원에게 눈길을 돌리며 말했다.

"날씨하곤 관계없는 이야기였어요."

그녀가 미소를 짓자 팀장도 따라 웃었다.

"근무가 없는 날인가요?"

다가오는 종업원에게 아이스아메리카노를 주문한 뒤 조 변이 팀장에게 물었다.

"전 연차를 냈고, 이 친구는 특별히 조퇴를 시켰습니다. 오늘이 친구 동기들이 모두 퇴사를 하는 날이라……."

그리고 그녀를 넌지시 바라보며 입을 열었다.

"내가 말했던 변호사님이셔. 편하게 이야기해도 된다."

여자는 말없이 고개를 끄덕였다. 조 변호사는 지갑에서 명함 두 장을 꺼내 팀장과 여자에게 각각 내밀었다. 팀장도 자신의 명함을 건네줬지만 여자는 명함이 없는지 테이블 위에 있는 조 변의 명함을 내려다보기만 했다.

"공단 근처에 사무실이 있어요. 주로 노동자들의 권익 보호를 위해 일하고 있죠."

"말 낮추셔도 됩니다. 변호사님. 이 친군 아직 고등학생이거든요."

조 변호사가 동그란 눈으로 앞에 앉아 있는 여자를 다시 한번 바라봤다.

"실습생…… 인가요?"

"네. 이번에 저희 회사에 입사한 현장실습생입니다. 제가 팀장으로 있는 해지방어팀에서 한 달 전부터 근무를 하고 있어요."

"해지방어팀이라면……."

콜센터 직원들의 노동환경 개선을 위해 노력 중이던 조 변에게 '해지방어'라는 단어는 익숙했다. 가입 권유나 민원 접수 같은 업무에 비해 감정노동의 강도가 심한 데다 실적 압박까지 커서 콜센터 내에서도 3D로 통했다. 더군다나 현장실습생이면 아직 고등학교도 졸업하지 않은 미성년자에 불과한데…….

"그래서 오늘 이 친구 동기 둘이 견디지 못하고 모두 퇴사를 해버린 거죠."

팀장은 자조 섞인 웃음을 터뜨렸지만 옆에 앉아 있던 여자는 여전히 경직된 얼굴이었다. 그런 그녀의 모습이 조 변호사는 마음에 걸렸다.

"이름이 어떻게 되죠?"

"김해나입니다."

"학교는요?"

"○○마이스터고……."

"마음이 심란하겠군요."

해나는 조 변호사의 질문에 대답하는 대신 카페 밖으로 시선을 돌렸다. 비바람이 몰아치는 거리에는 사람의 그림자라곤 보이지 않았다. 도로 좌우에 세워진 가로수만이 바람의 방향에 따라 이리저리 흔들리고 있었다.

"혹시 오늘 제보할 내용이 그 친구들하고도 관련이 있나요?"

해나는 머뭇거리며 팀장의 눈치를 살폈다. 머그컵을 입으로 가져가던 팀장이 해나 대신 입을 열었다.

"물론입니다."

"하지만 전 분명히 해나 친구들이 퇴사를 했다고 들었는데요. 퇴사는 자발적으로 회사를 나갔다는 뜻이잖아요."

"대부분의 직원들이 그렇게 이곳을 떠나갔죠. 제가 팀장으로 있는 2년 동안……, 퇴사를 한 직원은 해지방어팀에서만 모두 100여 명이 넘습니다."

팀장은 가방에서 서류 몇 장을 꺼내 조 변에게 내밀었다.

"이 서류를 보면 좀 더 자세히 알 수 있어요."

조 변호사는 팀장이 내민 서류를 훑어보며 질문을 던졌다.

"왜 이렇게 자주 사람이 바뀌었던 거죠?"

"시스템화를 시킨 결과였죠."

"시스템화라니요?"

팀장은 자신이 건네준 서류의 첫 번째 페이지를 눈짓하며 말했다.

"처음부터 현장실습생들을 해지방어팀으로 몰아넣었던 건 아니었어요."

조 변호사는 서류의 앞장을 꼼꼼하게 살피기 시작했다. KC콜센터 해지방어팀의 10년간 데이터가 알아보기 쉽게 정리되어 있었다. 그중에서 조 변호사의 눈길을 끄는 건 작년과 재작년의 해지방어팀 실적과 방어율이었다. 그 전해의 7년 동안에 비해 월등히 높은 수치를 나타내고 있었다.

"3년 동안의 실적이 앞 해의 7년 동안보다 눈에 띄게 높군요."

"바로 그겁니다."

팀장이 조 변을 똑바로 쳐다보며 말을 이었다.

"현장실습생들을 해지방어팀에 처음 투입했던 시기가 2014년 가을부터였으니까요."

"뭐라고요?"

반문하는 조 변호사에게 팀장은 해지방어팀의 업무 특성에 대해 간략하게 설명하기 시작했다. 먼저 대한민국의 현실적인 인구절벽에 관한 문제부터 정체되거나 감소하고 있는 고객의 수, 그리고 해가 갈수록 치열해지는 통신사 간의 고객 유치 전쟁까지.

"해지를 목적으로 하는 사람들의 마음을 되돌리는 건 결코 쉽지 않아요. 그들을 상대하는 일은 직원들뿐만 아니라 고객들에게도 스트레스를 심어주죠. 그래서 악순환이 반복되는 겁니다."

팀장은 진지한 표정으로 말을 이었다.

"콜센터의 베테랑 직원들조차 해지방어팀에서의 실적은 좋지 않았어요. 순환근무제를 도입했지만 결과는 크게 달라지지 않았죠. 무엇보다 염려스러웠던 점은 해지방어팀 업무를 보면서 퇴사하는 직원들이 늘어났다는 사실이에요. 통신사 간의 경쟁이 치열할수록 그러한 현상은 두드러지게 나타났죠."

"그런데도 왜 어린 현장실습생들을 해지방어팀으로 몰아넣었던 거죠?"

"실적 때문이었습니다. 방어율이 낮을수록 승률이 높아지는 투수들처럼요."

"실적이라뇨?"

"해지방어의 업무 특성상 지속적으로 방어율을 높이는 데는 한계가 있었어요. 하지만 단기적으로는 효과가 있었죠. 처음 순환근무제를 하면서 그러한 데이터를 얻을 수 있었습니다."

"새 업무를 맡은 직원들이 심기일전을 해서 버티는 시간 말이군요."

팀장은 고개를 끄덕였다.

"단기적으로는 한 달에서 다섯 달까지 버티며 방어율을 높이는 직원들이 있었죠. 하지만 6개월이 지난 시점에서는 효과가 거의 없었어요……. 직원들 스스로가 지쳐서 포기 상태가 되었던 겁니다."

"그 대안으로 내세운 게 현장실습생들이란 말인가요?"

"현장실습생들은 또 그들 나름대로의 문제점을 안고 있었어요. 이르면, 고3 여름방학이 시작될 때부터 학생들은 현장실습을 나오게 됩니다. 그러니까 졸업할 때까지 그들이 회사에 머물며 근무를 하는 기간은 대략 6개월 정도예요. 문제는 졸업 시즌이 끝난 뒤에도 회사를 다니는 실습생의 수가 많지 않다는 사실이었죠. 대부분의 현장실습생들이 졸업과 동시에 회사를 그만 뒀거든요."

팀장은 자세를 고쳐 앉은 뒤 팔짱을 꼈다.

"어차피 졸업과 동시에 회사를 그만둘 실습생들이라면, 그들을 이용해 해지방어팀을 꾸리는 건 어떨까, 하는 생각이 들었습니다. 곧 그 제안은 데스크로부터 승인을 받을 수 있었고, 재작년 가을부터 실습생들을 현장에 투입하게 되었던 거죠."

"그런데 의외의 결과가 나온 거군요."

"네. 놀라운 일이 벌어졌죠. 사회에 첫발을 내딛는 아이들에겐 엄청난 에너지가 있었어요. 그들은 콜센터의 베테랑 직원들보다 높은 방어율을 유지했거든요. 지속적인 성과를 내진 못했지만……."

"지금 제가 보고 있는 이 서류가 그 결과고요."

팀장이 고개를 끄덕였다.

"그 제안을 했던 사람이 바로 저였습니다. 덕분에 해지방어팀의 팀장을 맡을 수 있었죠."

세 사람 사이에 잠시 침묵이 지나갔다. 카페 귀퉁이에 세워진 벽걸이 텔레비전에서는 9호 태풍이 남해안을 따라 대한해협 쪽으로 이동하고 있다는 아나운서의 말과 함께 위성사진이 클로즈업되고 있었다. 기상청 관계자는 오후부터 차츰 태풍의 영향권에서 벗어날 수 있을 거라는 전망을 내놓기도 했다. 팀장은 텔레비전 화면으로 시선을 고정시키다 말고 옆에 앉아 있는 해나를 슬쩍 봤다.

"해나와 오늘 회사를 그만둔 해나의 친구들에게 죄책감을 가지는 이유도 그 때문입니다. 저의 출세를 위해 현장실습생들을 이용하는 꼴이 되고 말았으니까요."

"비도덕적이라고 생각하진 않았어요?"

"처음엔요……. 하지만 곧 깨닫게 되었죠. 제가 그 제안을 데스크에 올리지 않더라도, 다른 누군가가 저와 똑같은 일을 하게 될 거라는 사실을 말예요."

"제겐 핑계로밖에 들리지 않는데요."

"변호사님이 그렇게 받아들여도 전 할 말이 없습니다. 하지만 회사라는 조직은 냉혹한 곳이에요. 내가 잡아먹지 않으면 잡아먹히는 약육강식이 엄연히 존재하는 곳이니까."

"물론, 회사에서는 두 가지 골칫거리를 한 방에 해결할 수 있는 팀장님의 제안을 거절할 이윤 없었겠죠."

"네."

"그런데 왜 마음이 바뀌신 겁니까? 왜 제게 제보를 하려는 거죠?"

팀장은 다시 한번 옆에 앉아 있는 해나를 물끄러미 바라봤다.

"이 친구를 만나지 않았다면……, 전 여전히 지금의 작은 성공에 도취되어 있었을 겁니다."

'해나를 만나지 않았다면?'

조 변호사는 팀장의 말을 되씹으며 앞에 앉아 있는 두 사람을 번갈아 바라봤다.

*

"그때 두 사람 사이를 의심하긴 했어요."

조 변호사가 벤치에서 일어났다. 김도 그녀를 따라 몸을 일으켰다. 그녀의 휴대폰이 드르륵거리며 진동하고 있었다. 조 변호사는 휴대폰을 꺼내 누군가와 통화를 했다. 그사이 김은 해나와 팀장 사이의 관계에 대해 곰곰이 생각하고 있었다. 임 검사의 말대로 그들이 정말 연인 사이였다면 해나의 자살 사건에는 또 다른 구멍이 생기는 셈이다.

"남편이 도착했어요. 퇴원 수속이 끝나는 대로 다시 연락 주겠대요."

벤치 근처로 되돌아온 그녀가 말했다.

"그래서 두 사람의 관계는?"

다가온 조 변에게 김은 동문서답을 하듯 물었다. 그녀는 꽁초가 된 담배를 짓이겨 불씨를 제거한 뒤 담뱃갑 속에 집어넣었다.

"악어와 악어새."

"악어와 악어새?"

"네. 그쪽에서는 두 사람의 관계를 그렇게 부르더군요."

"콜센터를 말하는 거야?"

조 변호사가 고개를 끄덕였다.

"어쨌든 그들은 제게 중요한 제보를 해줬어요."

"어떤 제보였는데? 내가 아는 것 외에 또 다른 내용이 있는 거야?"

조 변호사의 얼굴에 씁쓸해한 미소가 번졌다. 그녀는 양손을 점퍼 주머니에 쑤셔 넣은 채 김과 시선을 마주쳤다.

2

R그룹 통신사의 부산 고객센터는 부산 상권의 중심지라고 할 수 있는 중앙동에 위치하고 있었다. 지하 4층, 지상 15층의 정사 각형 건물로 서비스 센터로 이용되는 1층과 2층을 제외한 나머지 층에 R통신사와 협력업체 사무실이 입주해 있었다. 건물 상단에는 R그룹의 심벌마크와 함께 통신사 이름이 붙어 있었고, 현관 로비에는 협력업체들의 상호명과 층수 위치를 알려주는 게시판이 걸려 있었다. KC사무실은 7층에 입주해 있었지만 몇몇 본사 직원을 제외한 모든 콜센터 직원들이 R통신사 사무실에서 근무를 했다. 각층마다 지문이나 사원증이 있어야만 들어갈 수 있는 도어록 장치가 설치되어 있었는데 해나와 소연, 윤정과 같은 현장실습생들은 1주차 교육이 끝날 무렵에 사원증이 발급되었다. 자신의 반명함판 사진이 부착된 사원증 아래에는 협력업체의 이름보다 R그룹의 심벌마크가 더 크게 새겨져 있어서, 마치 R그룹에 입사한 듯한 설렘을 느낄 수 있었다. 해나와 친구들 역시 비슷한 기분으로 사원증을 자랑스럽게 가슴에 걸고 다녔다.

사내 교육장은 건물 제일 꼭대기 층인 15층에 위치해 있어서 중앙동 일대의 빌딩 숲과 부산항을 한눈에 내려다볼 수 있었다.

교복 대신 정장이나 수수한 옷차림을 한 학생들은 드라마나 영화에서 볼 수 있었던 대기업 사무실에서 커피를 마시며 수다를 떨었다. PPT를 이용한 수업이나 R그룹 직원들의 강의를 들으면서 잠시나마 장밋빛 인생을 꿈꾸기도 했다.

"여러분이 우리 회사의 현재고 미래입니다."

40대 초반인 KC 팀장의 말은 현장실습을 나온 학생들에게 동기유발을 불러일으키기에 충분했다. 그들 중에서도 해나의 눈빛이 유독 빛났던 이유는 그만큼 성공에 대한 간절함이 있었기 때문이다. 팀장이 해나의 그런 모습을 지나칠 리는 없었다. 수료식 날, 현장실습생의 교육을 담당했던 대리의 소개로 다시 강의실 앞에 선 팀장은 깔끔하고 세련된 모습으로 실습생들과 일일이 시선을 마주쳤다. 그런 다음 하얀 보드판 위에, '성공하려는 본인의 의지가 다른 어떤 것보다 중요하다'라고 쓴 뒤 뒤돌아서서 실습생들을 향해 말했다.

"에이브러햄 링컨의 말입니다. 글자 그대로 풀이하자면, 성공의 가장 중요한 요소는 본인의 의지라는 뜻이에요. 그러니까 주변 환경이나 타인을 핑계 삼을 생각은 처음부터 하지 마세요."

웃음을 터뜨리거나 '네'라고 대답하는 아이들이 있었다. 팀장은 온화한 미소로 실습생들의 웃음소리가 끝날 때까지 기다렸다가 다시 말을 이었다.

"지금 이 자리에 모인 현장실습생 여러분들은 19년을 돌고 돌아 저희 R통신사와 인연을 맺게 된 겁니다. 대단한 일이죠…….
그만큼 우리의 인연은 소중합니다. 여러분은 이곳에서 받은 교육을 베이스로 내일부터 현장에 투입될 겁니다. 물론 생각처럼 쉽지는 않을 거예요. 사회는 여러분이 생각하는 것만큼 낭만적이지 않으니까요. 하루하루가 지옥처럼 느껴질 수도 있을 겁니다. 힘들어서 도저히 다닐 수가 없다고 생각할 수도 있을 거예요. 그땐 이 보드판에 적힌 에이브러햄 링컨의 말을 떠올리세요. '성공하려는 본인의 의지가 다른 어떤 것보다 중요하다.'"

뒤이어 그는 교육 마지막 시간에 치른 평가시험에서 최고 점수를 받은 현장실습생의 이름을 호명했다.

"○○마이스터고 김해나 사원."

소연 옆에 앉아 있던 해나가 "네"라는 말과 함께 힘차게 자리에서 일어났다. 소연과 윤정은 물론, 강의실에 앉아 있던 현장실습생들의 시선이 모두 해나에게 쏠렸다. 검은색 정장 차림의 그녀는 강의실 가장자리를 성큼성큼 걸어서 팀장 앞으로 다가갔다. 팀장은 대리가 건네준 상장과 부상을 해나에게 내밀며 악수를 청했다. 동시에 박수 소리가 요란하게 울려 퍼졌다. 해나의 손을 꼭 쥔 팀장이 그녀에게 나직이 말했다.

"앞으로 우리의 인연을 소중히 합시다."

해나가 얼굴을 붉히며 작은 목소리로 "네"라고 대답했다. 팀장은 이가 드러날 정도로 환하게 미소를 지으며 해나에게 덧붙였다.

"기념품 케이스 안에 내 명함이 들어 있어요. 일하는 동안 힘들거나 의문 나는 점이 있으면 언제든 연락해요. 성심껏 도와줄게요."

3

차가 정문 앞으로 들어서자 수위가 나와 직사각형의 철문을 좌우로 열었다. 60대로 보이는 그는 김이 신분을 밝히자 별다른 질문 없이 "분수대 근처에 차를 세우면 됩니다"라고 무뚝뚝하게 말했다. 김은 그에게 눈인사를 건넨 뒤 분수대를 한 바퀴 돌아 빈자리에 차를 세웠다. 밖으로 나가기 전에 그는 해나의 담임선생에게 전화를 걸어 지금 막 학교에 도착했다는 사실을 알렸다.

학교 본관 건물 옆에는 철판과 철근을 용접해 만든, 사람 모양의 구조물이 세워져 있었다. 붉은색 페인트칠이 되어 있는 철인은 오른손에 망치를, 왼손엔 책을 들고 있었다. 김은 5미터 가까운 사람 형상의 구조물을 잠시 올려다봤다. 그리고 조 변호사가 말한 악어와 악어새에 대해 떠올렸다. 부정적인 공생관계로 두 사람을 표현한 이유가 뭔지 궁금했다. 그들은 모두 자살했고 사건의 피해자였다. 부적절한 관계를 비유한 것이라면, 적어도 콜센터에서는 두 사람의 관계를 처음부터 알고 있었던 셈이다.

김의 전화를 받은 해나의 담임과 취업 담당 교사가 중앙 계단을 이용해 현관 로비로 내려왔다. 50대 초반에 180센티미터는 될 것 같은 큰 덩치의 담임은 김을 보자마자 손을 내밀었다. 그의 뒤에 서 있던 30대의 취업 담당 교사는 허리를 숙이며 인사를 대신했다.

"처음 오시는 분들은 모두 저 구조물을 신기해하죠."

"학교의 상징인가요?"

"네. 우린 저 녀석을 헤파이스토스라고 불러요. 대장장이의 신은 못 만드는 게 없으니까……. 어떻게 잘 찾아오신 것 같군요."

"학교가 대로변 가까이에 있어서 찾는 데 큰 어려움은 없었습니다."

재석의 증언 때문인지 김은 해나의 담임에 대해 선입견을 가지고 있었다. 첫인상 또한 좋아 보이지 않았다. 지천명을 넘긴 남자에게서 흔히 볼 수 있는 노련함이 느껴졌다. 김은 습관처럼 담임의 눈빛부터 살폈다.

"2층에 진로상담실이 있습니다. 조용하니 이야기 나누기 좋은 곳이에요."

담임선생이 말했다. 그는 취업 상담 교사와 시선을 마주치며 덧붙였다.

"남 선생도 같이 가셔야죠?"

"네."

긴장한 듯한 모습이 얼핏 눈에 띄었지만 그녀는 담임선생처럼 탁한 눈빛을 가지고 있지는 않았다.

상담실 한쪽에는 싱크대와 정수기가 설치되어 있었다. 창문과 마주 보는 책꽂이에는 몇몇 기업들의 브로슈어와 취업가이드북이, 그 옆 게시판에는 고3 실습생들의 취업 현황과 취업 의뢰를 한 기업들의 이름이 붙어 있었다. 게시판 위에는 '2017년 12월, 취업률 100퍼센트 달성'이라는 문구가 커다랗게 새겨져 있었다. 김은 그 문구가 마음에 들지 않았다. 남 선생이 인스턴트커피를 타서 테이블로 돌아오는 동안 담임은 김이 묻기도 전에 해나 이야기부터 꺼냈다.

"우리 반에서 그 녀석처럼 강단 있고 멘탈이 강한 아이는 없었습니다."

"해나의 친구들도 그렇게 이야기하더군요."

김이 대꾸했다. 소연, 윤정과 만났다는 사실을 은근히 드러내는 표현이었지만 담임은 눈썹을 씰룩거렸을 뿐 더 이상의 반응은 보이지 않았다. 남 선생은 커피를 탄 종이컵을 김과 담임 앞에 내려놓은 뒤 조용히 소파에 앉았다. 김은 침울한 얼굴로 자신을 바라보는 그녀의 표정이 마음에 걸렸다. 반면 옆에 있는 해나의 담임선생에게는 진정성을 전혀 느낄 수 없었다.

"해나를 올해 처음 맡으신 건 아니죠?"

김이 담임선생에게 물었다.

"네. 학과의 학생 수가 적어서 1학년 때부터 3학년 때까지 반이 바뀌지 않았으니까요. 해나는 1학년 때부터 제가 담임을 맡고 있었습니다."

"재학 시절의 해나는 어땠습니까?"

"자존심이 강한 아이였어요. 성적도 괜찮았고 적극적인 성격이라 학급위원을 도맡다시피 했죠."

"아이들하고의 관계는요? 친구는 많았나요?"

"두루두루 잘 지내는 편이었지만, 특별히 친하게 지내는 친구는 없었던 것 같습니다. 솔직히 3년 가까이 같은 반으로 지내다

보면 형제자매처럼 느껴지기도 하거든요. 그런데 해나는 그런 친밀한 관계를 만들지는 않았어요."

담임은 해나에 대해 나름 객관적인 시선으로 평가를 내리고 있었다. 소연과 윤정 역시 마찬가지였다. 해나가 집안 형편에 비해 씩씩하다거나 밝은 성격이라고 했지만 특별히 친하게 지내지는 않았다고 했다. 김은 해나의 어머니와 동생들도 만나봐야 한다는 사실을 깨달았다.

"처음부터 진학엔 관심이 없었나요?"

"네. 자신이 가장 역할을 해야 한다고 했어요. 책임감이 강한 아이였죠."

"장래 희망이 웹디자이너라고 들었는데요."

담임은 길게 한숨을 내쉬며 말했다.

"우리 과에 진학하는 학생들의 대부분이 비슷한 꿈을 갖고 있죠."

"하지만 해나는 전공과 상관없이 취업을 나가야 했군요."

"그게⋯⋯."

담임의 시선이 취업 담당 남 선생에게 향했다.

"남 선생님이 직접 답변하시는 게 좋을 것 같아요."

그녀는 고개를 끄덕이며 김에게 입을 열었다.

"현실적으로 전공 관련 회사에 취업을 나가는 건 쉽지 않아요. 저희 학교로 취업 의뢰가 들어오는 기업들 중에 해나가 속한 전공과 유사한 업종은 10퍼센트 안팎이거든요."

"그럼 10퍼센트의 학생들만이 관련 업종으로 현장실습을 나갈 수 있다는 말인가요?"

"네……."

대답하는 남 선생의 목소리가 작아서 김에겐 거의 들리지 않
았다. 그렇다면 나머지 학생들은 해나나 소연, 윤정처럼 전공과
무관하게 취업해야 한다는 뜻이다. 졸업과 동시에 대부분의 현
장실습생들이 그만두는 이유를 알 것 같았다. 팀장이 왜 콜센터
에서도 3D에 속하는 해지방어팀으로 현장실습생들을 몰아넣었
는지도.

김은 벽에 붙어 있는 게시판으로 다시 눈길을 돌렸다. 게시판
에 올라가 있는 기업 중에 KC라는 이름은 찾을 수 없었다. 대신,
제일 상단에 R그룹과 그곳으로 취업을 나간 학생들의 숫자가
적혀 있었다.

"KC라는 아웃소싱 업체의 이름은 보이지 않는군요."

"생략했습니다……. KC도 따지고 보면 R그룹의 계열사라고
봐야 하니까요."

남 선생이 얼굴을 붉히며 변명하듯 내뱉었다. 그때 옆에 있던
담임선생이 그녀의 이름을 나직이 불렀다. 그제야 자신의 실수
를 깨달은 듯 그녀는 고개를 숙였다.

"하지만 R그룹은 해나의 자살을 철저히 외면하고 있어요. KC
를 위탁업체로 선정했을 뿐이라며 자신들과의 연관성도 부정하
고 있고요."

물론 김도 KC라는 기업에 대해 뒷조사를 끝낸 상황이었다.
KC의 대표가 누구고, 몇 년도에 설립해서 얼마의 매출을 올리

고 있는지. 더구나 R그룹의 패밀리 기업 중 하나라는 사실은 업
계에서는 비밀 아닌 비밀이었다.

"저희 학교는 학생들의 취업을 위해 최선을 다하고 있습니다.
보다 좋은 직장을 구하기 위해 방학도 반납한 채 학교에 나와 일
을 하고 있으니까요. 한 사람의 낙오자도 없이 취업을 보내는 게
우리의 바람이기도 하고⋯⋯."

담임은 홍보영화라도 찍듯이 몸짓까지 섞어가며 말을 이었다.

"그보다 더 중요한 건 학생들의 자존감을 세워주는 일입니다.
저희 학교로 진학하는 학생들은 대부분 가정 형편이 좋지 못해
요. 진학 대신 취업을 나가야 하는 학생들이 많은 편이죠⋯⋯.
그 아이들에게 희망을 줄 수 있는 방법은 떳떳한 직장을 구해주
는 일이고요."

"KC가 그런 직장이란 말씀이군요."

"국내 최대 통신업체의 콜센터 업무를 위탁운영 하고 있으니
까요. 솔직히 KC가 R그룹의 계열사든 아니든 그게 중요한 건 아
닙니다. 실질적으로 R그룹의 핵심 업무를 담당하고 있다는 사실
이 중요하죠. 성장세와 전망이 좋은 기업이라는 건 인터넷 검색
만으로도 확인할 수 있습니다."

뻔뻔스러울 정도로 담임의 표정은 자부심으로 가득했다. 그
런 모습이 김의 마음을 불편하게 만들었다.

'저런 이야기들을 해나나 소연, 윤정에게도 똑같이 늘어놨을
까?'

"자살하기 전의 해나는 어땠나요?"

뜬금없는 질문에 담임은 이해가 잘 되지 않는다는 듯 어깨를 으쓱이며 김에게 되물었다.

"무슨 말씀인지……."

"해나가 자살하기 전날 만났던 사람이 담임선생님이라는 증언이 있어서요."

"누가 그런 소릴 합니까?"

반문하는 담임의 얼굴에 금세 짜증이 묻어났다.

"윤재석이라고……, 이름은 들어보셨죠? 이 학교 졸업생으로 이번 사건의 용의잡니다……. 저수지에서 해나와 나눴던 대화 내용을 모두 말해줬죠."

담임은 종이컵을 천천히 입으로 가져갔다. 커피를 마시면서 응답할 말을 머릿속으로 정리하는 것 같았다.

"녀석의 말을 전부 믿는 건 아니시겠죠?"

"그래서 선생님을 뵙자고 한 겁니다."

"그 친구가 어떤 이야길 했는진 모르겠지만, 지극히 개인적인 일이었습니다."

"학교와 상관없이 비공식적으로 그녀를 불렀단 말씀인가요?"

담임이 고개를 끄덕였다.

"해나의 사생활과 관련된 내용도 있었으니까요."

김은 해나와 자살한 팀장의 모호한 관계에 대해 떠올렸다.

"현장실습생들을 따로 모니터링한다는 말씀은 아니구요."

"취업 나간 학생들을 관리할 만큼 시간적인 여유가 없어요. 해당 기업에서 문제를 제기하지 않는 한은……."

남 선생이 두 사람 사이에 다시 끼어들었다.

"해나는 후자의 경우였고요?"

"네. 거기다 시기도 좋지 않았어요. 해나와 같이 취업 나갔던 동기들이 한 달도 버티지 못하고 모두 퇴직한 데다 개인적인 문제까지……. 일하는 직원들이 자주 바뀌는 건 결코 좋은 일이 아니에요. 회사의 평판이나 이미지는 물론 학교에도 나쁜 영향을 끼치니까요."

"그런 면에서 해나의 자살은 학교에서도, 회사에서도 부담스러울 수밖에 없었겠군요."

김의 질문에 담임도 남 선생도 침묵을 지켰다. 상담실 벽에 걸려 있는 시계의 초침 소리만이 규칙적으로 들려왔다.

"솔직히 말씀드리자면……."

담임이 길게 한숨을 내쉬며 어색한 침묵을 깨뜨렸다.

"그 때문에 저도, 남 선생도 곤란을 겪고 있습니다. 어떤 사람들은 학교 게시판을 통해 저희를 노예 상인으로 비유하더군요. 순진한 어린 학생들을 헐값에 팔아넘긴다고……. 그뿐만이 아닙니다. 용의자가 재판 중인데도 해나 사건은 마치 저희 학교와 시교육청, 취업 의뢰를 한 기업의 잘못 때문인 양 악의적인 주장들이 SNS를 통해 빠르게 확산되고 있어요. 시교육청에서 감사가 들어올 정도로 말이죠."

"선생님은 해나의 자살이 재석 때문이라고 생각하시는군요."

"당연하죠. 그것 말고 해나가 자살할 이유 없으니까요."

당당한 목소리로 담임이 대꾸했다.

"해나의 성격이나 환경에 대해 누구보다 잘 알고 있습니다. 정말 다른 문제가 있었다면 절 찾아왔을 때 그런 이야길 했을 거예요. 해나는 언제나 자기주장이 강한 아이였으니까. 거기다⋯⋯."

담임은 분하다는 듯 주먹을 움켜쥐었다.

"재석이란 녀석은 재학 시절부터 평판이 좋지 않았어요. 여자관계가 복잡했거든요."

"모범생으로 알고 있었는데요."

"공부를 잘한다고 모두가 착한 학생은 아니니까요."

"그날 해나를 만났을 때⋯⋯ 정말 아무 말도 듣지 못했습니까? 자살을 암시할 만한 그 어떤 말도요?"

담임은 김의 질문이 마음에 들지 않는지 미간을 찡그렸다.

"네."

"회사를 그만두고 싶다거나 힘들다는 말은요?"

담임이 도리질을 치며 대답했다.

"대부분의 실습생들이 힘들다는 말을 합니다. 사회생활이니그럴 수밖에 없잖아요? 아직 학교도 졸업하지 않은 어린 학생들인데⋯⋯. 하지만 푸넘 이상은 아니에요. 해나도 마찬가지였습니다."

'자살한 팀장이나 공단에 있는 변호사에 대해서는? 학교의 명성과 취업률이라는 덫에 빠져서 해나를 애써 외면하고 싶었던 건 아니었나?'

김의 입속에서 그런 질문들이 계속해서 맴돌았다.

"저희는 시교육청에서 나온 현장실습 매뉴얼에 따라 학생들

을 관리하고 있었어요. 불경기에도 학생들의 취업을 위해 동분
서주하는 선생님들도 많고요……. 해나의 소식을 접하면서 저
역시 가슴이 아팠지만, 그 때문에 제2, 제3의 무고한 피해자가
생기는 건 옳지 않다고 생각합니다."

"제가 여기에 온 이유이기도 하죠."

"해나를 강간한 녀석을 변호하기 위해서 말이죠."

담임은 비아냥거렸다. 하지만 김은 동요하지 않았다. 어차피
진실은 법정에서 모두 밝혀질 테니까.

'담임인 당신 역시 해나와 있었던 일을 모두 고백해야 할 거
야.'

김은 더 이상 담임선생을 만날 이유가 없다고 생각했다. 그는
마지막 질문을 던졌다.

"현장실습을 나갔다 중간에 퇴직하고 돌아온 학생들이 있다
고 들었습니다."

"네."

"그 아이들은 어떻게 관리되고 있나요?"

담임선생은 길게 한숨을 내쉰 뒤 입을 열었다.

"현장실습 중에 학교로 되돌아오는 학생들은 근무 태도가 불
량하거나 무단결근 등의 사유로 권고사직을 당한 경우가 많아
요. 당연히 그런 학생들에게는 반성의 시간이 필요하죠. 열심히
일하는 다른 학생들에게 선의의 피해가 가지 않도록 해야 하니
까요……. 청소를 시키거나 봉사활동을 통해 자신의 잘못을 뉘
우치도록 하고 있어요."

"빨간 조끼는 일종의 징벌적 개념이란 뜻이군요."

"그건 또 어떻게 아셨습니까?"

담임이 경계하는 눈빛으로 물었다.

"졸업반 학생들을 통해서요."

담임선생은 '그 학생들이 누굽니까?'라고 시위하듯 김을 노려봤다. 하지만 김은 그의 시선을 무시한 채 계속해서 질문을 던졌다.

"그런데 퇴직 사유 말입니다. 적성에 맞지 않거나 힘들어서 그만두는 학생들도 많지 않나요?"

"근성이 약한 아이들에겐 끈기를 심어줄 필요가 있어요. 아이들의 미래를 위해서도 그게 올바른 훈육 방법이기 때문입니다."

"어떤 의미인지는 알겠지만……."

"이봐요. 변호사 양반."

담임이 인상을 쓰면서 김의 말을 잘랐다.

"조금 전에 말씀드리지 않았습니까? 해나의 죽음을 누구보다 가슴 아파하는 사람이 저라고요……. 열일곱 살 때부터 쭉 지켜봤던 제자였어요. 저에겐 가족만큼 소중한 학생이었단 말입니다."

마치 김에게 당신도 악성댓글이나 다는 녀석들과 다를 게 없다고 야유를 보내는 것 같았다. 그 순간만큼은 담임의 얼굴에서 진정성을 느낄 수 있었다. 김은 고개를 끄덕이며 "그렇군요"라고 수긍의 말을 내뱉었다.

김의 아반떼 승용차가 대로변으로 막 진입했을 때 사무장으로부터 연락이 왔다. 스킨스쿠버 동아리 회장이 직접 나서서 저수지 주변 탐색에 동참할 회원들을 모았고, 다음 주부터 본격적인 수색에 들어갈 거라는 내용이었다.

"중간에서 고생 많으셨습니다."

"해나의 죽음을 밝히는 일이잖아요. 다들 가치 있는 작업이 될 것 같다고 말하더군요."

"그랬으면 저도 좋겠습니다."

"담임선생은 만나보셨습니까?"

"네."

"느낌이 어떻든가요?"

"그날 해나와 있었던 일에 대해서 유독 방어적이었어요."

김의 질문에 공격적인 반응을 보이던 담임선생도 자살하기 전날 만났던 해나와의 일에 대해서는 단문으로 답변하거나 어물쩍 화제를 돌려버렸다. 김은 대화를 나누는 내내 그런 담임의 모습이 마음에 걸렸다.

"아, 그리고 말입니다."

"네."

흰색 아반떼는 가다 서다를 반복하며 4차선 도로를 겨우 빠져나갔다. 라디오에선 설 연휴를 앞두고 물가가 조금씩 오르고 있다는 앵커의 목소리가 흘러나오기 시작했다.

"3년 전에 ○○여고를 졸업한 사람이라면서 사무실로 전화가 걸려 왔답니다. 변호사님을 뵙고 싶다고요."

"해나 사건과 관련이 있나요?"

"그것까진⋯⋯. 하지만 KC콜센터에서 얼마 전까지 일을 했었다고 합니다."

"이 과장이 받았나요?"

"네. 자세한 건 사무실 들어가서서 직접 물어보는 게 빠를 거예요. 연락처를 남긴 걸로 알고 있습니다."

"해나의 죽음을 밝히는 데 도움이 되었으면 좋겠군요."

"이 과장도 그렇게 이야기하더군요."

김은 양손으로 핸들을 더 세게 움켜잡았다. 작년 겨울부터 올해 초까지 해나에게 어떤 일들이 있었는지 알아낼 수 있다면, 사건의 숨겨진 진실에 좀 더 가까이 다가갈 수 있었다.

'그럼 끊어진 연결고리를 이을 수 있을지도 몰라.'

김은 자일리톨 껌을 입안으로 던져 넣은 뒤 액셀러레이터를 힘차게 밟았다.

4

2월 19일 오후 세시, 2호 법정은 한산했다. 피고인석에 앉아 있는 재석은 첫 재판 때처럼 불안한 기색을 보이진 않았다. 검사석에서 대기하던 임 검사가 김에게 넌지시 눈인사를 건넨 것 말고는 평소와 다름없는 풍경이었다. 서기와 속기사는 각자의 자리에서 재판을 준비 중이었고, 재석을 호송하는 경찰은 피고인석 뒷자리에 서서 주변을 경계했다. 방청석에서 간간이 수다를 떨던 사람들도 판사가 재판정에 모습을 나타내자 이내 입을 다물었다.

두 번째 재판은 재석이 해나와 합의하에 성관계를 가졌는지, 인사불성이 된 상태에서 강간을 당했는지에 대한 진실 여부를 놓고 공방이 벌어졌다. 임 검사는 재석이 사용하던 외장하드와 노트북에서 다수의 포르노 영상이 발견되었다고 말했다. 김은 반론을 통해 이러한 증거들이 재석이 해나를 강간했다는 사실을 입증하지는 못한다고 밝혔다.

"피고인 또래의 평범한 남성들과 비교해봐도 알 수 있는 일입니다. 방청객으로 나와 계신 여러분 중에서도 가지고 계신 분이 있을 거라 확신하고요."

방청객 중에 웃음을 터뜨리는 사람들이 있었다. 김은 판사석을 향해 몸을 돌리며 말을 이었다.

"저 역시 마찬가집니다……. 포르노 영상을 가지고 있다고 해서, 혹은 친구나 친한 선배들과 야한 농담을 주고받는다고 해서 모두가 강간범이 되는 건 아닙니다. 거기다 피고인은 해나 양과 선후배 사이 이상의 돈독한 관계를 유지해왔습니다."

김은 윤정을 증인으로 내세워 해나와 재석 사이의 관계에 대해 또다시 질문을 던졌다. 처음 미팅을 가졌을 때처럼 윤정은 두 사람이 서로 아끼며 신뢰하는 사이였다고 말했다.

"힘들 때마다 해나 양이 피고인에게 전화를 걸어 위로를 받았다는 사실이 그 증거라고 할 수 있겠군요."

김의 질문에 소연은 고개를 끄덕이며 확신에 찬 목소리로 대답했다.

"네."

김은 그녀에게 가볍게 목례를 한 뒤 재판정에 앉아 있는 판사를 향해 말했다.

"이상입니다."

판사는 습관적으로 안경을 치켜세우며 임 검사를 바라봤다.

"검사는 증인에게 질문할 말이 없습니까?"

"없습니다."

임 검사는 증인석에 앉아 있는 윤정에게 별다른 관심을 나타내지 않았다. 두 번째 증인으로 나온 민노총 교육선정부장에게도 마찬가지였다. 과도한 스트레스로 인한 팀장의 자살과 현장실습생들에 대한 이면계약과 잔업 같은 부당한 대우에 대해 진지하게 늘어놓았지만 임 검사는 끝까지 무관심으로 일관했다. 단지, 세 번째 증인으로 출석 예정이었던 해나의 담임선생이 불출석사유서를 법원 형사과에 제출했다는 사실을 밝혔을 때 살며시 미소 지을 뿐이었다. 그 모습이 꺼림칙했지만 김은 내색하지는 않았다.

"따라서 저는 피고인석에 앉아 있는 재석 군의 무죄를 주장합니다. 그와 더불어 해나 양의 자살은 잘못된 현장실습생 제도에 대해 시사하는 바가 큽니다. 해나 양이 왜 차가운 저수지에 몸을 던져야만 했는지……, 그에 대한 보다 심도 있는 진실 규명이 필요하다고 생각합니다."

"이의 있습니다. 재판장님."

이제껏 무관심으로 일관했던 임 검사가 판사에게 강하게 반론을 제기했다. 판사는 상체를 똑바로 세우며 임 검사에게 말했다.

"말씀하세요."

"변호인 측은 용의자로 주목받고 있는 피고인이 피해자를 강간했다는 직접적인 증거가 없기 때문에 무죄라고 주장하고 있습니다. 거기다 그녀의 죽음을 사회의 탓으로 돌리고 있어요……. 저는 그런 주장을 납득할 수 없습니다. 왜냐하면 변호인 측에선 피고인이 피해자를 강간하지 않았다는 직접적인 반론역시 제시하지 못하고 있기 때문입니다."

임 검사는 검사석에서 일어나 판사 쪽으로 걸어 나왔다.

"더더욱 이해할 수 없는 건, 상황증거라고 할 수 있는 유력한 증거들이 주변에 널려 있는데도, 그에 대한 중요성을 인식하지 못한다는 사실입니다. 피고인이 축구부 선배들과 나눈 메시지 내용들이 그 예라고 할 수 있습니다."

임 검사는 재석의 휴대폰 사용 내역까지 꼼꼼하게 조사를 했는지, 몇몇 축구부 부원과 나눈 대화 내용을 판사와 방청객 앞에 공개했다. 그들이 나눈 대화 중에는 해나의 이름이 구체적으로 언급되는 대목도 있었다.

재석: 내일은 약속이 있어서 못 나갈 것 같습니다.
선배1: 무슨 약속? 경기보다 중요한 게 뭔데? 빠져가지고.
재석: 청춘사업요.

선배2: 뭐?

선배1: 그렇담 봐준다.

선배2: 요즘 자주 만난다던 후배 여자애? 이름이…….

선배1: 해나라고 하지 않았나?

재석: 이름까지 기억하고 있었어요? 참 나.

선배1: 전에 사진 보여줬잖아. 야시시하게 생겨서 기억하고 있지……. 잘해봐라. ㅋㅋ

재석: 그런 사이 아니에요.

선배2: 너처럼 말하는 녀석들이 뒤에서 호박씨를 더 잘 까더만……. 우리 학교도 보고 싶다고 했다며? 그다음 코스는 말 안 해도 알지?

선배1: ㅋㅋ

단톡방을 통해 이런 대화가 오고 갔다는 사실을 밝힌 임 검사는 '선배2'가 말한 대화 내용을 한 번 더 강조한 뒤에 입을 열었다.

"'우리 학교도 보고 싶다고 했다며? 그다음 코스는 말 안 해도 알지?'……, 전(前) 재판을 방청했던 분이라면 이 말 속에 숨겨진 뜻을 충분히 이해하실 겁니다. 디디에스(DDS)…… 드라이브(Drive)하고 술(Drink) 마시고 섹스(Sex) 하라는 뜻이죠. 축구부 부원들에겐 익숙한 단어라고 할 수 있습니다."

임 검사는 피고인석에 앉아 있는 재석과 시선을 마주쳤다.

"피고인은 축구부 선배들의 말처럼 학교 위에 있는 저수지로 드라이브를 나간 뒤 피해자에게 평소의 주량보다 다섯 배나 많은 술을 마시게 했습니다. 그리고 대리운전을 불러주겠다는 횟집 사장의 말도 무시한 채 인사불성이 되다시피 한 피해자를 디디에스라고 부르는 모텔로 데려갔죠."

피고인석으로 천천히 다가가며 임 검사는 덧붙였다.

"다음 날 아침, 불행하게도 피해자인 해나 양은 차가운 저수지로 몸을 던집니다. 그리고 그녀의 몸에선 피고인의 정액이 발견되었죠……. 변호사 측의 주장대로 피해자와 피고인이 서로 신뢰하고 사랑하는 사이였다면 해나 양이 그날 아침 자살할 이유 없었을 겁니다."

임 검사는 잠시 말을 멈춘 뒤 길게 한숨을 내쉬었다.

"이곳에 계신 방청객 여러분과 판사님에게 묻고 싶습니다. 사랑하는 남자와 첫날밤을 보낸 피해자가 아무런 이유 없이, 새벽에 모텔을 빠져나와 차가운 물속에 몸을 던진다는 사실에 대해서 말입니다. 상식적으로 일어날 수 있는 일일까요?"

방청석에 앉아 있던 40대 중반의 여자가 "아니요!"라고 큰 소리로 대답했다. 임 검사는 그녀에게 눈인사를 건넨 뒤 말을 이었다.

"피해자인 해나 양이 사라졌다는 사실을 알면서도 피고인이 보인 행동 역시 많은 의구심을 불러일으킵니다. 그날은, 부산에 폭설이 내려서 교통 상황이 좋지 못했습니다. 저수지를 운행하던 마을버스도, 택시도 들어올 수 없었죠. 그런 상황을 충분히 인지하고 있었던 피고인이었지만, 그는 체크아웃이 될 때까지 아무런 조치도 취하지 않은 채 모텔에 머물러 있었습니다."

재석이 앉아 있는 피고인석 바로 앞까지 다가간 임 검사는 여유로운 표정으로 그를 내려다보며 큰 소리로 말했다.

"두 사람이 머물렀던 모텔에서 대로변까지는 도보로 한 시간 정도가 소요됩니다. 주변 지리를 잘 알고 있던 피고인이 그런 사실을 모를 리는 없었죠. 때아닌 폭설로 교통이 마비되었을 거란 사실도 말입니다⋯⋯. 그런데도 왜 피고인은 해나 양을 찾지 않았을까요? 사랑하는 그녀가 사라졌는데도 피고인은 왜 모텔에 계속 머물러 있었던 걸까요?"

"아뇨, 아닙니다! 전⋯⋯."

임 검사의 말에 흥분한 재석이 그를 향해 억울하다는 듯 입을 열었다. 하지만 재석은 뒷말을 잇지 못한 채 고개를 떨궜다. 임 검사는 그 순간을 놓치지 않고 판사를 향해 소리쳤다.

"피해자가 마지막으로 머물렀던 모텔의 직원을 증인으로 신청합니다."

임 검사의 말을 듣자마자 김은 노랑머리를 떠올렸다.

'변호사님은 어떠세요? 함께 투숙했던 남자가 범인이 아니라고 생각하세요?'

모텔에서 진지한 표정으로 물어보던 그의 모습이 그제야 또렷이 기억났다. 축구부 부원들에게 가졌던 불편한 마음까지.

증인석으로 성큼성큼 걸어 들어오는 노랑머리는, 더 이상 노랑머리가 아니었다. 검은색 머리카락에 귓불을 뚫었던 피어싱도 사라지고 입성 또한 매우 깔끔했다. 검은색 재킷에 귀밑까지 단정하게 깎은 머리, 캐주얼화를 신은 그는 판사의 지시에 따라 "양심에 숨김과 보탬 없이 사실 그대로를 말하며, 거짓이 있을 시 위증의 벌을 받기로 맹세합니다"라고 증인 선서를 했다. 김은 증인석에 서 있는 노랑머리의 모습에 불길함을 느꼈다. 임 검사는 김이 생각했던 것보다 더 치밀하게 재판을 준비하고 있었던 게 틀림없었다.

"증인은 편안한 마음으로 법정을 둘러보시기 바랍니다. 눈에 익은 얼굴이 혹 이곳에 있나요?"

임 검사의 질문에 노랑머리는 어색한 미소를 지으며 고개를 끄덕였다.

"네."

"누구죠?"

노랑머리는 피고인석에 앉아 있는 재석에게 눈길을 돌렸다. 임 검사가 방청객을 향해 상체를 돌리며 물었다.

"누구라고요? 직접 지명하셔도 됩니다."

노랑머리는 대답하는 대신 다시 고개를 끄덕였다. 그리고 피고인석에 앉아 있는 재석을 오른쪽 검지로 정확히 가리켰다.

"저 사람입니다."

"어떻게 그의 얼굴을 알고 있습니까?"

"가끔 저희 모텔을 찾는 축구부 부원들 중 한 명이니까요."

"그러니까, 증인은 피고인의 얼굴을 전부터 알고 있었단 소리군요."

"네."

임 검사는 김에게 살며시 미소를 지은 뒤 노랑머리에게 질문을 던졌다.

"피고인은 주로 누구랑 모텔을 찾았습니까?"

"축구부 부원들요. 학교 근처에서 회식을 할 때나 근처 축구장에서 게임이 있을 땐 자주, 선후배들과 어울려 모텔을 들락거렸습니다."

"올 때마다 피고인은 어떤 방을 골랐죠?"

"싱글 침대가 들어간 방이었어요."

"싱글 침대 두 개가 따로 들어간 방을 말하는 건가요?"

확인하듯이 임 검사가 되물었다.

"네."

"하지만 그날은 그러지 않았군요. 피해자인 해나 양과 함께 모텔에 들어갔던 그날 말입니다."

노랑머리는 피고인석에 앉아 있는 재석을 잠시 바라보다 말고 "네"라고 대답했다.

"더블 침대가 있는 방을 원했습니다."

방청석 여기저기서 신음이 터져 나왔다. 임 검사는 판사와 김, 방청객을 번갈아 바라보며 입을 열었다.

"해나 양을 강간할 생각이 없었다면……, 변호사 측의 주장대로 서로 아끼고 신뢰하는 선후배 사이였다면, 피고인은 더블 침대가 아닌 싱글 침대 두 개가 있는 방을 잡았을 겁니다. 하지만 피고인은 그러지 않았죠. 술에 취해 인사불성이 되다시피 한 피해자를 말입니다. 여러분은 그 이유가 뭐라고 생각하십니까……? 정말 순수한 마음으로 피고인은 해나 양을 디디에스라고 부르는 모텔로 데려간 걸까요? 제 질문은 여기까집니다."

5

학부 시절, 임 검사에게 많은 영향을 끼쳤던 정 교수는 특이한 이력의 소유자였다. 법대를 졸업하자마자 학사경장으로 경찰 생활을 시작했던 그는 범인 검거 과정에서 부상을 당한 후 1년 간 요양을 받아야 했다. 그 뒤 복직할 때까지 그는 학창 시절 꿈이었던 고시에 도전했고, 복직을 이틀 앞두고 합격 소식을 전해 들을 수 있었다. 그런 이력 때문인지 정 교수의 수업은 다양한 커리큘럼으로 구성되어 있었다. 풍부한 현장 경험을 통해 터득한 자신만의 강의 방식은 학부생들에게 인기가 많았다. 슬라이드 사진으로 현장감을 살릴 뿐 아니라 실제 있었던 살인사건이나 미제 사건을 통해 풀어가는 법리 해석은 할리우드의 스릴러 영화만큼이나 재미를 느낄 수 있었다. 김 역시 학창 시절 정 교수의 수업을 좋아했다.

몇 해 전, 정 교수의 정년퇴직을 앞두고 법학과 후배 학생들이 특별 이벤트를 계획한 적이 있었다. 학교 축제에 맞춰 모의재판을 준비했는데, 동문 변호사 모임의 회원들도 후배 학생들의 초청을 받아 참가하게 되었다. 정 교수의 정년 퇴임 기념식과 함께 기획된 모의재판은, 2010년 부산에서 일어난 한 사건을 소재로 삼았다. 일명 '시신 없는 살인'으로 알려진 20대 여노숙인 살인 사건으로, 실제로 재상고심이 열릴 예정이었다. 모의재판은 재상고심에 앞서 검사와 변호사로 나뉜 학생들에 의해 사건의 진실 여부와 함께 피의자의 형량이 결정될 예정이었다. 그리고 모의재판의 판사 역에는 정년 퇴임을 앞둔 정 교수가 맡았다. 상황증거만으로 충분히 유죄를 선고해야 한다고 평소에도 강조해왔던 정 교수에게 '시신 없는 살인사건'*은—가상이긴 하지만—하나의 판례를 남길 수 있는 좋은 기회였다.

학생들 사이에 치열한 공방이 오고 간 뒤에 정 교수의 최종 판결만이 남았을 때, 김은 몇몇 동문 변호사와 함께 호기심 가득한 얼굴로 방청석에 앉아 있었다. 연신 하품을 하며 후배들의 어설픈 연기를 관람하던 그도 정 교수가 어떤 판결을 내릴지 궁금했다. 문제의 핵심은 사체 은닉과 사기, 공문서위조 혐의로 이미 구속영장이 확정된 피의자에게 남은 '살인죄'에 대한 유무죄 판결이었다. 피해자의 시신이 불태워진 상황에서 피고인의 살인을 인정할 만한 결정적인 증거를 찾을 수 없었기 때문이다. 하지

* 시신 없는 살인사건: 2010년 4월, 부산에 거주하는 40대 여성 S씨는 6월 중순 대구의 한 여성 쉼터에서 소개받은 20대 여성 K씨를 어린이집에 고용하겠다고 속여 부산으로 데려갔다. 하지만 그다음 날 새벽 K씨는 갑자기 사망했고, S씨는 K씨를 곧바로 화장했다. 그 뒤 S씨는 K씨를 자신인 것처럼 속여서(사실상 공범격) 어머니 P의 도움 아래 생명보험금을 타내려 했다. 이를 이상하게 여긴 보험회사의 신고로 S씨는 경찰에 체포되었다. 경찰의 조사 결과 S씨는 4월부터 여성 쉼터, 독극물, 사망신고 절차 등을 인터넷을 통해 검색해왔던 것으로 드러났다. 또한 실제로 독극물을 구입했으며, 2010년 5월부터 생명보험에 가입하기 시작해 총 24억 원의 생명보험금을 탈 수 있는 보험 계약을 이미 마친 상태였다.(출처: 나무위키)

만 정 교수는 가상의 피고인에게 징역 40년형을 선고했다.

"역시⋯⋯."

옆에 앉아 있던 동료 변호사가 혼잣말처럼 내뱉었다. 김 또한 어느 정도는 예상하고 있었다. 판결을 두고 검사 역과 변호사 역을 맡은 학생들이 편을 나누듯 이견을 나타냈다. 열띤 공방을 벌이는 학부생들의 태도가 너무 진지해서 김은 웃음이 나왔다. 가장 핵심적인 주제를 비껴가 있었기 때문이다. 상황증거든 직접증거든 양날의 칼처럼 사용될 수 있다는 사실을.

그리고 몇 달 뒤, 실제로 '시신 없는 살인사건'의 피고인은 5심 재판에서 무기징역형이 선고되었고, 재판부는 정 교수와 비슷한 내용의 판결문을 발표했다.

형사재판에 있어서 공소사실을 증명할 명백한 증거 없이는 피고인의 유죄가 의심되더라도 죄를 물어선 안 된다. 다만 그와 같은 심증이 반드시 직접적인 증거에 의해서만 형성되는 것은 아니며, 경험과 논리법칙에 위반되지 않은 한 간접증거에 의거할 수도 있다. 간접증거가 피의자의 유죄를 밝히는 데 완전한 증명을 하진 못하더라도, 전체 증거를 종합적으로 고찰했을 때 충분히 증명된다고 판단되면, 간접증거만으로도 피의자의 범죄 사실을 인정할 수 있는 것이다.

*

    한동안 재판정에 침묵이 흘렀다. 2라운드는 임 검사의 판정승으로 끝날 것처럼 보였다. 임 검사는 여유로운 표정으로 김에게 미소를 지어 보였다. 김도 그에게 응답하듯 미소를 건넸지만 기분이 좋진 않았다. 판사가 변호사석에 앉아 있는 김에게 "변호인, 반대 심문은 없습니까?"라고 물었을 때, 김은 자리에서 일어났다. 재석이 싱글 침대가 아닌 더블 침대가 있는 방을 잡은 이유에 대해서는 김 또한 의구심을 가지고 있었다. 변호사 접견실에서 재석과 만났을 때에도 그 부분만큼은, 축구부 부원들을 만나기 전까지 납득할 수가 없었다.

    "해나를 재운 뒤에 전 돌아갈 생각이었습니다."

    "하지만 재석 군도 술에 취해 있었죠. 돌아갈 생각이었다면 횟집 사장이 대리운전을 불러주겠다고 했을 때 왜 거절을 한 겁니까?"

    "돈이 아까웠으니까요. 저수지에서 저희 학교까지 이어진 길에선 음주단속을 하지 않거든요. 학교를 지나 대로변으로 나가는 길목이 주 타깃이죠⋯⋯. 일단 학교 안까지만 들어가면 검문받을 걱정은 없어요. 동아리방에서 잠시 눈을 붙였다가 아침에 해나를 데리러 다시 돌아갈 생각이었습니다."

    "처음엔 그럴 의도로 모텔을 잡았지만 해나가 붙잡는 바람에 함께 밤을 보낼 수밖에 없었단 말인가요?"

    재석은 말없이 고개를 끄덕였다. 하지만 다음 날 새벽, 해나는 자살을 했다. 재석 몰래 모텔을 빠져나와 차가운 저수지 속으로 몸을 던졌다.

"그렇다면 왜 해나는……."

"저도 그 이율 모르겠어요. 왜 해나가 그런 마음을 먹었는지……."

자책하듯 괴로워하는 재석을 김은 멍하니 바라볼 수밖에 없었다.

김은 천천히 노랑머리 앞으로 걸어갔다. 모텔에서 봤을 때보다 그는 훨씬 더 어른스러운 모습이었다. 김은 증인석 앞에 서서 노랑머리에게 눈인사를 건넸다. 그 역시 머리를 숙여 김에게 인사를 대신했다.

'더블 침대가 있는 방을 원했습니다'라는 노랑머리의 증언은 아무리 생각해도 부자연스러웠다. 미리 예행연습이라도 한 듯 큰 소리로 또렷또렷 답변하는 모습에 오히려 의구심이 생겼다. 그는 분명히 1월 5일 밤에 묵었던 두 사람을 기억하지 못한다고 김에게 말한 적이 있었다. 첫눈이 내렸다는 사실 외엔.

"증인에게 질문하고 싶은 게 하나 있습니다."

노랑머리는 긴장한 듯 어깨를 움츠리며 임 검사 쪽을 힐끔 쳐다봤다.

"방금 증인은 피고인이 더블 침대가 있는 방을 원했다고 말했습니다. 맞나요?"

"네……."

"모텔을 찾는 고객 중에 그런 식으로 방을 찾는 분들이 많습니까?"

"아뇨."

"그럼 손님들은 대게 뭐라고 합니까?"

"'방 주세요'라든가, '빈방 있어요?'라고 묻는 경우가 많습니다."

"그런데 피고인은 그러지 않았군요."

"네."

"혹시 그날, 피고인이 뭘로 계산했는지 기억하십니까? 현금이었나요? 아니면 카드였나요?"

"카드였던 걸로 기억합니다."

"기억한다는 건 확실하지 않다는 뜻이군요."

김의 질문에 당황한 듯 노랑머리는 머뭇거렸다.

"다시 한번 묻겠습니다. 기억이 확실하지는 않다는 뜻이죠?"

"네……."

노랑머리가 고개를 끄덕이며 대답했다. 김은 증인석에서 한 발짝 뒤로 물러서서 다시 입을 열었다.

"증인이, 방값을 현금으로 계산했는지 카드로 계산했는지 확신하지 못하는 건 당연합니다. 피고인이 모텔에 묵은 날은 1월 5일이었으니까요. 지금부터 한 달 반이나 지난 일이었죠……. 하루에도 수십 명씩 손님을 받아야 하는 증인이 특정한 한 사람에 대해 떠올리기란 쉽지 않았을 겁니다. 그런데도 증인은, 그날 피고인이 더블 침대가 있는 방을 요구했다고 확신하고 있습니다. 오히려 전, 그런 사실에 의구심이 듭니다. 어떻게 증인은 한 달 반이나 지난 일을 정확히 기억하고 있다고 확신하는 걸까요? 증인의 말 한마디에 피고인의 인생이 나락으로 떨어질지도 모르는데 말입니다."

김은 자리로 돌아가 책 한 권을 집어 들었다.

"얼마 전 『뇌는 윤리적인가』라는 책을 읽은 적이 있습니다. 마이클이라는 익숙한 이름을 가진 저자는 세계적으로 인정받는 뇌과학자이자 신경과학자죠……. 책 속엔 이런 구절이 나옵니다. '인간의 뇌는 들어오는 모든 정보를 자신에게 유리한 쪽으로 해석하려는 측면이 많다. 예를 들어, 첫 번째 회상과 두 번째 회상이 다를 경우 우리의 뇌는 자신에게 유리한 쪽으로 기억을 만들어간다는 것이다…….' 그만큼 인간의 기억은 불완전하고 유동적이라는 겁니다."

김은 노랑머리에게 다시 시선을 돌리며 말을 이었다.

"가톨릭대학의 축구부 동아리에는 1학년에서 4학년까지, 40명이 넘는 학생들이 가입되어 있습니다. 조금 전 검사님이 밝혔던 것처럼 '디디에스'라는 은어를 사용하면서, 증인이 일하는 모텔을 이용하는 부원들도 많았죠. 당연히 증인도 '디디에스'에 대해 잘 알고 있었습니다……. 그리고 모텔 종업원으로 일하는 자신과 다르게, 대학을 다니며 여자들과 모텔을 들락거리는 축구부 부원들을 팔자 좋은 녀석들이라 생각하고 있었죠."

김의 시선이 재석에게 향했다.

"그날은, 증인 말대로 날씨가 좋지 않았습니다. 모텔을 찾는 사람도 평소보다 줄어 공실이 많았죠. 그때 피고인이 축구부 부원이 아닌 술에 취한 피해자와 함께 나타난 겁니다."

호흡을 가다듬은 뒤 김이 다시 노랑머리에게 질문을 던졌다.

"저 역시, 피고인이 묵었던 방을 가본 적이 있습니다. 첫 재판이 열리기 일주일 전이었고, 지금 제 앞에 앉아 있는 증인이 방 안내를 해줬죠. 그때 증인은 제게 말했습니다. 피고인이 묵었던 방이 '모텔에서 가장 전망 좋은 방'이라고요……. 증인도 기억하고 있죠?"

"이의 있습니다! 재판장님. 변호인은 지금 증인에게 유도심문을 하고 있습니다."

판사는 임 검사의 이의제기를 받아들였다.

"주의해주세요, 변호사님."

김은 판사에게 가볍게 고개를 숙인 뒤 노랑머리를 바라봤다.

"얼마 전, 축구부 부원들을 만나 피고인과 '디디에스'라는 은어, 모텔에 대해 많은 이야기를 나눴습니다. 그때 부원들 중에 703호를 모르는 친구들은 없었죠. 모텔에서 가장 전망이 좋은 방이라고 모두들 말하더군요. 이유가 뭐냐고 물으니, 단골인 축구부 부원들을 위해 특별히 신경을 써주는 거라고 했습니다. 그날 피고인이 해나와 함께 703호에 묵었던 이유이기도 하죠……. 여기서 다시 증인에게 묻고 싶습니다. 정말 피고인이 더블 침대가 있는 방을 달라고 먼저 요구를 했나요? 습관적으로 703호의 열쇠를 건네준 건 아닌가요? 혹 다른 축구부 부원과 혼동했을 가능성은 없습니까?"

노랑머리가 검사석 쪽과 김을 번갈아 바라보며 작은 목소리로 대답했다.

"그러니까, 그게……."

노랑머리가 머뭇거리는 동안 김은 판사에게 말했다.

"이상입니다."

낙인 'A'

1

그러나 대개의 경우는 오직 한 사람의 목격자에 의해 믿는 경우가 많았다. 그 목격자는 색안경을 쓰고 상상력을 동원하여 사물을 확대하고 왜곡시켜 자기 머릿속에서 재구성해 사실 이상으로 확실한 형태를 만들어냈다.*

김은 해나의 책상 위에 있던 다이어리의 마지막 장을 한동안 내려다봤다. 그 문장을 여러 번 되풀이해 읽는 동안 김은 가슴 속에서 덩어리 같은 게 올라오는 걸 느꼈다. 한 소녀의 죽음 뒤에 숨겨진 수많은 진실들이 지금의 대한민국을 대변해주고 있는 것처럼. 비난은 하지만 아무도 책임지지 않는 사회와 사람들

* 호손의 『주홍 글씨』 중에서.

처럼. 병풍도 앞바다에서 목숨을 잃은 300명에 가까운 학생들을 보며 깊은 절망감을 느껴야 했던 그때처럼 무기력해지는 말자고 김은 스스로를 다독였다.

거실에 있던 해나의 어머니가 나직이 김을 불렀다. 그는 거실로 나가 해나의 어머니와 마주 앉았다. 20년이 넘은 빌라의 두 칸짜리 반지하에 해나와 두 동생, 어머니가 살고 있었다. 보증금 3천만 원에 관리비를 포함해 월세 20만 원을 내는 반전셋집이었다. 해나의 어머니가 청소부 일을 하면서 버는 돈은 한 달에 120만 원 정도. 4인 가족의 한 달 평균 생활비가 300만 원 안팎인 걸 보면 해나가 왜 그토록 빨리 돈을 벌고 싶어 했는지 이해할 수 있었다. 김은 안방에 걸려 있는 검은색 정장을 말없이 바라봤다.

"해나가 취업을 나가기 전날 큰마음 먹고 산 거예요. 안에 입는 블라우스까지 합쳐서 10만 원이 조금 넘는 금액이었죠."

"각오가 대단했군요."

해나의 어머니가 말없이 고개를 끄덕였다.

"6개월 할부였어요. 첫 달만 저보고 내달라고 했죠. 다음 달부터는 자기 월급통장에서 나갈 거라고……."

어머니의 눈이 붉게 충혈되었다.

"딸이었지만 의지가 많이 됐어요. 착하고 속이 깊은 아이었거든요……. 그런데 왜 제겐 힘들단 말 한마디 하지 않았는지…… 원망스럽고 속이 상해요."

"실종되기 전까지 전혀 이상한 점을 발견하지 못했나요?"

"네."

"회사를 그만두고 싶다는 말을 한 적도 없었고요?"

해나의 어머니가 다시 고개를 끄덕였다.

"집에선 평소처럼 잘 웃고 씩씩했어요. 가끔 동생들 준다며 피자나 통닭을 퇴근하면서 사 오기도 했죠. 생활비에 보태 쓰라고 30만 원씩 꼬박꼬박 제 통장으로 입금시켜주던 착한 아이였는데……."

말을 끝맺기도 전에 그녀가 갑자기 울음을 터뜨렸다. 김은 뭐라고 위로의 말을 건네야 할지 판단이 서지 않았다. 울먹이던 그녀가 오히려 "이런 모습을 보여서 미안해요"라고 힘겹게 말했다. 김은 고개를 좌우로 흔들며 대꾸했다.

"제가 죄송합니다. 집까지 찾아와서 어머님을 힘들게 하고 있잖아요……."

해나의 어머니는 손사래를 치며 아니라고 말했다.

"재석인 저희 집에도 자주 놀러 오곤 했어요. 동생들하고도 사이가 좋았죠……. 아이들에겐 오빠나 형처럼 든든한 존재였어요."

"재석일 믿는단 말씀이군요?"

"네……."

김은 재석의 부모와 함께 방청석에 앉아 있던 그녀를 떠올렸다. 어쩌면 그녀는 내심 재석을 미래의 사윗감으로 기대하고 있었는지도 몰랐다.

"해나가 사라진 건 언제 아셨습니까?"

"월요일 오후에요. 해나가 출근하지 않은 것 같다고 학교에서 연락이 왔거든요. 휴대폰도 받지 않는다고요. 그래서 재석이에게 전화를 걸었죠."

"재석인 뭐라고 하던가요?"

"일요일 날, 학교 근처에서 술을 마셨는데 해나가 너무 취해서 모텔을 잡아줬다고 했어요. 새벽에 집으로 돌아간 줄 알았다고 하더군요."

"실종 신고는 재석이와 함께 하신 거고요?"

"네. 불길한 느낌이 들었는지 재석이가 집으로 찾아왔죠. 경찰서에 실종 신고를 하는 게 좋겠다고 했어요."

"그게 화요일이었군요."

그녀가 말없이 고개를 끄덕였다. 재석 역시 문제의 심각성을 깨달은 건 월요일 오후가 지나서였다고 말했다. 해나가 출근하지 않았다는 말과 함께 계속해서 연락이 되지 않는다는 사실을 해나 어머니에게 전해 들은 뒤부터. 결석이든 결근이든 평소의 해나라면 있을 수 없는 일이라고 했다.

"재석이 외에 사귀는 남자가 있다는 소릴 들어본 적은 없나요?"

"해나가요? 아뇨, 없었어요."

김을 바라보는 그녀의 단호한 눈빛에선 '우리 딸은 절대로 그런 아이가 아니에요'라고 말하는 것 같았다.

"야근은 많았나요?"

"일주일에 4일 이상은 열시가 넘어서 들어왔던 걸로 기억하고 있어요."

"마지막으로 해나를 본 건 그럼 언제였습니까?"

"토요일 저녁이었어요. 일요일은 오전 조 근무여서 새벽 첫차
를 타고 나가야 했거든요……. 옆에서 자고 있던 해나 얼굴도 제
대로 못 보고 나왔었는데……."

해나의 어머니가 다시 울음을 터뜨렸다. 김은 착잡한 기분으
로 그녀가 진정할 때까지 묵묵히 기다렸다.

"전날 학교에 갔다 왔다는 말도 없었습니까?"

"네……."

"그날 담임선생님을 만났다고 들었어요."

어머니의 얼굴이 창백하게 변했다. 정말 그녀는 해나에게 무
슨 일이 벌어지고 있었는지 전혀 모르는 눈치였다.

"어렸을 때부터 그랬어요. 힘든 일이 있어도 제겐 말 한마디
하지 않았죠. 제가 걱정할까 봐 늘 신경을 썼어요……. 그런데
학교엔 왜……."

"직장에서 약간의 문제가 있었던 것 같습니다."

팀장의 자살이나 내부고발자에 대한 이야기는 꺼낼 수 없었
다. 그녀는 이해가 되지 않는다는 표정으로 도리질을 쳤다.

"회사에서도 해나를 좋아한다고 했어요. 현장실습생 중에서
교육 성적도 가장 좋아서 상장하고 비싼 휴대폰까지 부상으로
받는걸요. 반 친구들이 회사를 그만둘 때도 해나는 착실하게
출근했어요. 그런데 어떻게……."

말을 하다 말고 그녀가 김에게 반문했다.

"해나에게 무슨 일이 있었던 거군요……. 그렇죠?"

"왜 그런 말씀을 하시는지…….."

그 순간 해나 어머니의 표정이 어둡게 변했다.

*

겨울방학이 시작된 지 얼마 지나지 않았지만 초등학생인 막내는 집 안에서의 생활을 따분해했다. 하루의 대부분을 게임을 하거나 웹툰을 보며 지냈다. 공부에는 관심이 없어서 학교 성적은 바닥을 치고 있었다. 하지만 막내 특유의 자유분방함이 집안 분위기를 살갑게 만들기도 했다. 이미 사춘기를 지난 둘째는 막냇동생과는 달리 차분한 성격에 제법 어른스러운 구석이 많았다. 반에서 학급위원을 맡을 정도로 모범생이었는데, 해나와는 달리 인문계 고등학교에 진학하길 원했다. 공대를 나와 기술직 공무원이 되겠다는 구체적인 계획까지 세울 만큼 현실적인 아이였다. 겨울방학이 시작되자 집에서만 빈둥거리던 막내가 투덜대기 시작했다.

"오늘 엄마도 늦게 들어온다고 했잖아. 이럴 때 누나에게 치킨이라도 사 오라고 하면 얼마나 좋아."

"쓸데없는 소리 말고 저녁 먹을 준비나 해."

"냉장고에 암것도 없단 말야."

김치와 습기로 눅눅해진 마른 김이 전부였다. 거기다 막내는 신정 연휴 동안 외식은커녕 짜장면 배달도 시켜보지 못했다. 반

아이들 중에서 방학 동안 학원에도 안 나가고, 가족 여행도 가지 않는 사람은 자기뿐이라며 앓는 소리만 해댔다. 둘째는 동생의 그런 불평에 가슴이 아팠지만, 한편으로는 집안 형편을 생각하지 않는 녀석의 심보가 밉기도 했다.

"엄마랑 누나가 얼마나 힘들게 일하는지 몰라서 그래?"

"형도 맨날 엄마한테 돈 달라고 하잖아……. 돈이 그렇게 중요한 거면 나도 돈이나 벌러 다닐래."

"이 자식이 말이면 단 줄 알아!"

둘째가 막내의 뒤통수를 사정없이 후려쳤다. 막내는 냉장고에서 꺼낸 김치 통을 상 위에 아무렇게나 내동댕이치며 반항했다.

"아야! 삐딱하면 주먹질이야!"

"이 새끼가 그래도……."

그때 현관문이 열리면서 해나가 들어왔다. 둘째와 막내는 동시에 거실 벽에 걸려 있는 시계를 올려다봤다. 오후 다섯시. 평소보다 이른 퇴근 시간이었다.

"누나!"

막내가 해나에게 달려가 안겼다. 해나는 어리둥절한 표정으로 막내를 내려다봤다.

"왜 그래?"

"형이……."

"야!"

둘째가 막내에게 버럭 소리를 질렀다. 하지만 막내는 아랑곳하지 않고 해나의 허리를 부여잡으며 말을 이었다.

"형이 자꾸만 때려."

"윤철이 너……."

해나가 둘째를 노려보자 윤철은 억울하다는 듯 입을 열었다.

"저 자식이 철없는 말만 골라 하잖아."

"지는."

막내도 지지 않고 형에게 대들었다.

"근데 이 자식이 진짜……."

윤철이 인상을 쓰면서 막내에게 다가가려 하자 해나가 앞을 가로막았다. 윤철은 화가 풀리지 않는지 막내를 노려보며 "나중에 보자"라고 엄포를 놓았다. 해나는 씩씩거리는 두 동생을 거실로 데려가 앉혔다.

"왜들 그래? 윤철이부터 말해봐."

"외식을 하고 싶다잖아."

윤철이 미간을 찡그리며 대꾸했다.

"치킨 시켜 먹자는 게 뭐가 어땠어!"

"치킨 한 마리에 돈이 얼만 줄이나 알아?"

윤철이 막내 현철에게 소리쳤다. 해나는 속이 상한지 입술을 깨물었다. 그리고 막내를 천천히 내려다보며 물었다.

"치킨 때문에 싸운 거야?"

"응."

현철이 고개를 끄덕였다. 해나는 벗으려던 외투를 다시 어깨에 걸치며 동생들에게 말했다.

"옷 입고 나와."

"밖에서 먹는 거야?"

"그래."

환호성을 지르며 방으로 뛰어 들어가는 막내와 달리 윤철은 해나의 눈치를 살피며 엉거주춤 입을 열었다.

"돈 모아야 하잖아."

"너희 고기 사줄 돈은 있어."

"그래두……."

"너도 빨리 준비하고 나와."

마지못하는 척 자리에서 일어서는 윤철을 향해 해나가 말을 이었다.

"너무 힘들게 노력할 필욘 없어. 너도 곧 알게 되겠지만……."

해나가 동생들과 함께 찾아간 곳은 집에서 2킬로미터 정도 떨어진 쇼핑센터였다. 쇼핑센터의 지하에는 대형마트와 함께 식당가가 들어서 있었다. 식당가 한 켠에는 해산물과 고기를 마음껏 먹을 수 있는 뷔페가 있었다. 평일 디너 요금이 3만 원 가까이 되는 제법 비싼 곳이었다. 막내는 뷔페에 간다는 사실만으로도 신이 나는지 껑충껑충 뛰어다녔다. 그러나 뒤처져 걸어가는 윤철의 얼굴은 여전히 어두웠다. 해나가 애써 미소를 지으며 둘째의 팔짱을 꼈지만 윤철은 퉁명스럽게 입을 열었다.

"치킨 한 마리면 될걸……. 셋이면 9만 원이야."

"현철이는 초등학생이라 할인이 돼."

"그래도 엄마가 알면 까무러칠걸."

해나가 쿡쿡거리며 웃었지만 윤철은 심각한 표정으로 해나에게 물었다.

"그런데 아까 그 말은 무슨 뜻이야? 힘들게 노력할 필요가 없다는 말…… 언젠 나보고 열심히 해야 한다고 그랬잖아."

해나는 둘째의 질문에 대답하는 대신 뷔페 입구에 있는 데스크 앞으로 걸어갔다. 하얀 셔츠에 검은색 정장바지를 입은 직원이 "몇 분이세요?" 하고 해나에게 물었다.

"세 사람요……. 한 사람은 초등학생이에요."

"네, 알겠습니다. 잠시만 기다려주세요."

직원이 블루투스를 이용해 누군가와 통화를 했다. 곧 해나 또래의 여자애가 나와 세 사람을 빈자리로 안내했다.

실내는 목소리가 울릴 만큼 천장이 높고 넓었다. 가족 단위의 손님이 많아서인지 아기 울음소리부터 어른들의 가래 끓는 기침 소리까지 들을 수 있을 정도로 야시장 같은 분위기였다. 해나는 막내에게 형하고 같이 다니라고 주의를 줬지만 현철은 아직 앙금이 가시지 않았는지 도리질을 치며 대꾸했다.

"혼자서도 할 수 있어."

나름 진지한 얼굴의 막내가 귀여워서 해나는 머리를 쓰다듬었다. 하지만 윤철은 계속해서 해나에게 질문을 던졌다. 막내가 샐러드 바로 뛰어가는 걸 보면서 윤철이 다시 입을 열었다.

"회사에서 무슨 일 있는 건 아니지?"

"응."

해나가 대답했다. 그러나 윤철은 누나의 표정에서 뭔가 어두운 느낌을 받았다.

"나한테까지 숨길 필욘 없잖아."

"숨기는 거 없어."

"너무 노력하지 말라는 말은 그럼……."

"누가 그랬어. 자기 분수를 잘 알아야 행복해질 수 있다고……."

"송충이는 솔잎을 먹고 살아야 한다는 거랑 같은 말이잖아. 근데 난 그런 말 들으면 화가 나."

윤철이 말했다.

"왜?"

이번엔 해나가 질문을 던졌다.

"누구나 되고 싶고, 하고 싶은 일이 있는 거잖아."

"그런 꿈들이 널 아프게 할지도 몰라."

"그렇게 생각이 바뀐 이유는 뭔데?"

윤철이 되물었다. 해나는 대답을 하려다 말고 이내 아무 일도 없었다는 듯 둘째에게 손짓했다.

"이런 얘긴 그만하자……. 너도 음식 담으러 갈 거지?"

해나가 식탁에서 일어서며 윤철을 바라봤다. 둘째는 누가 그런 소릴 누나에게 했느냐고 물어보고 싶었지만 모처럼 만의 외식 분위기를 망치고 싶지 않았다. 따라 일어서는 윤철에게 해나가 덧붙이듯 말했다.

"철이 네가 있어서 다행이야."

"뜬금없이……."

생뚱맞은 표정으로 바라보는 윤철에게 해나는 말없이 미소를
지었다.

*

"그날 회식이 있어서 평소보다 늦게 집으로 들어갔어요."
해나의 어머니가 말했다.
"몇 시쯤이었나요?"
"아홉시 뉴스가 끝날 무렵예요. 막내가 달려와 누나가 외식을
시켜줬다고 자랑을 늘어놓았죠. 고기와 피자를 실컷 먹을 수 있
었다고……. 자린고비처럼 돈을 아끼던 아이라 처음엔, 회사에
서 무슨 좋은 일이라도 있었구나 생각했어요. 평가시험에서 1등
을 했을 때도 동생들과 함께 외식을 나갔으니까. 하지만…… 용
돈까지 받았다는 말을 듣곤 이상한 기분이 들었어요. 그때 둘째
가 그런 일이 있었다고 제게 말하더군요."
그녀는 해나의 검은색 정장이 걸려 있는 방으로 다시 시선을
돌렸다.
"해나는 웹디자인학과가 있는 대학을 가려고 적금을 붓는 중
이었어요. 동생들에게 용돈을 줄 만큼 여유가 없었죠."
"적금을 해지한 거군요."
해나의 어머니가 고개를 끄덕였다. 그리고 김을 똑바로 바라
보면서 조심스럽게 되물었다.
"그때부터였을까요?"

"네?"

"그때부터 마음의 준비를 하고 있었던 게……."

대꾸를 하려다 말고 김은 시선을 바닥으로 떨궜다. 해나가 왜 죽음을 선택했는지, 왜 차가운 저수지 속으로 몸을 던져야만 했는지, 김 역시 이해할 수 없었다. 해나의 어머니는 경련이 일어난 것처럼 몸을 떨면서 가슴을 움켜잡았다. 그녀의 입에서 신음이 터져 나올 때마다 김은 저수지 아래로 걸어가는 해나의 쓸쓸한 뒷모습을 상상했다.

2

SUV 두 대에 나눠 타고 온 일곱 명의 남자들이 동시에 문을 열고 내렸다. 웨트슈트를 챙겨 입은 그들은 모텔이 바라다보이는 도롯가에 주차된 차 트렁크에서 공기통과 호흡기, 마스크를 비롯한 스킨스쿠버 장비와 캠핑용 난로까지 꺼내 해나가 빠졌을 것으로 예상되는 저수지 상류의 조사 구역으로 짐을 옮겼다. 운전석에서 내린 스포츠머리의 남자는 일곱 명 중에 가장 연장자로 보였다. 50대 초반에 야무진 체격의 스킨스쿠버 동아리 회장은 선탠을 한 것처럼 몸 전체가 그을어 있었다. 사무장이 다가와 그에게 김을 소개했다. 회장은 습관처럼 악수를 청했다. 얼마 전까진 보라카이의 바닷속을 유영하고 있었다는 그의 오른손에는 붉은색 루비가 반짝거렸다. 해군 출신인 김에게 그 반지는 익숙한 것이었다.

"SSU(해군해난구조대) 출신이셨군요."

"잘 아시네요."

남자가 하얀 이빨을 드러내며 웃었다.

"저도 진해기초군사학교에서 훈련을 받았습니다. 20년 전의
일이지만."

"그랬군요. 전 아마 그 무렵 3함대에서 근무를 했을 겁니다."

"그럼 저보다 선배님이시네요."

"그래봤자 몇 기수 차이일 겁니다."

회장이 화통하게 웃음을 터뜨리며 말했다. 옆에 있던 사무장
도 "전 해병대 출신입니다"라고 너스레를 떨며 롱 패딩을 벗었
다. 그러자 입고 있던 검은색 웨트슈트가 나타났다. 김이 슈트를
보며 놀란 표정으로 물었다.

"사무장님도 들어가시게요?"

"제가 왜 월차를 냈겠어요? 간만에 저도 취미 생활 해보려고
요……. 그나저나 해나가 어떤 휴대폰을 사용했는지 확인해보
셨습니까?"

"○○에서 나온 ○○에스 세븐이라고 어머니가 말하더군요."

김은 해나가 사용하던 휴대폰과 같은 색상의 광고 전단지를
사무장과 스킨스쿠버 동아리 회장에게 보여줬다. 꼼꼼하게 휴
대폰 모델과 색상을 확인하던 사무장이 혼잣말처럼 내뱉었다.

"실습생치곤 비싼 휴대폰을 가지고 있었군요."

"회사에서 부상으로 받은 거랍니다."

"여기……, 방수방진 기능이 있다고 적혀 있는데요."

전단지에 소개된 글을 눈짓하며 스킨스쿠버 동아리 회장이 말했다.

"저수지 아래에선 어떨지 모르죠. 수압이 있으니까."

"울나라가 휴대폰 하나는 잘 만들잖아요……. 희망을 가져야죠."

동아리 회장이 능글거리는 표정으로 대꾸했다. 뒤이어 그는 이틀 전에 스킨스쿠버 동아리 회원과 함께 저수지 주변 일대를 미리 둘러봤다고 덧붙였다.

"웬만한 호수보다 넓어서 처음엔 깜짝 놀랐습니다."

"저도 해나 사건을 맡기 전까진 부산에 이런 곳이 있는 줄 꿈에도 몰랐어요."

세 사람의 시선이 동시에 저수지 아래로 향했다. 2월 같지 않은 따뜻한 날씨 때문인지 민물낚시를 나온 강태공의 모습이 드문드문 눈에 띄었다. 저수지를 둘러싼 숲과 오솔길, 그 사이로 보이는 야트막한 카페 건물들이 꽤 운치가 있었다. 연인들의 잘 알려지지 않은 데이트 장소로 인기가 많다는 것도 해나 사건을 맡은 뒤에야 알 수 있었다. 한 해에 몇 명씩 저수지에서 자살하는 사람이 발생한다는 사실 역시.

"시야 확보는 가능한지 모르겠어요."

뿌옇게 흐린 저수지 물을 바라보며 사무장이 화제를 돌리듯 회장에게 물었다.

"음, 사실은 그걸 알아보려고 미리 현장 답사를 한 겁니다. 아쉽게도 저수지 바닥은 뻘로 이루어진 것 같더군요……. 수심에 따라 약간의 차이는 있겠지만, 낮에도 30센티미터 이상 앞을 보긴 어려울 거예요."

"유속은요?"

"지금 상태로는 거의 없다고 봐야겠죠."

"하지만 해나의 시신은 상류가 아닌 하류에서 발견됐어요."

김이 두 사람 사이에 끼어들었다.

"여학생이 발견된 곳이 어디쯤이라고 했나요?"

김은 손가락으로 저수지 하류 쪽의 한 지점을 가리키며 대답했다.

"저기요. 저 아래에서 떠올랐다고 들었습니다."

김과 사무장, 스킨스쿠버 동아리 회장이 서 있는 상류에서 직선으로 대략 200미터 정도 떨어진 먼 거리였다.

"그날은 저녁부터 비바람이 몰아치지 않았나요?"

"네. 다음 날 새벽엔 비가 눈으로 바뀌어서 부산에 폭설이 내렸죠."

"1월 6일?"

"기억력이 좋으시네요."

김이 미소를 지으며 스킨스쿠버 동아리 회장에게 대꾸했다.

"그날 접촉 사고가 있어서 기억하고 있어요. 눈길에 미끄러지는 바람에 차 범퍼가 완전히 박살이 났었거든요……."

"이런!"

"날씨하고도 관계가 있을까요?"

166

그때 사무장이 동아리 회장에게 물었다.

"저수지 수위가 그날은 많이 올라가 있었을 겁니다. 당연히 지대가 낮은 하류 쪽으로 물이 흘러 넘어갔을 거고요."

김과 사무장이 수긍하듯 고개를 끄덕였다.

"그 뒤, 며칠 동안 기온이 영하 10도 가까이 떨어지면서 저수지에 살얼음이 끼었죠. 해나의 시신이 늦게 발견된 이유일 겁니다."

"그럼 휴대폰은요……?"

"해나의 옷에서 발견되지 않았다는 건 손에 쥐고 있었을 가능성이 크다는 뜻이겠죠."

김이 사무장에게 덧붙였다.

"그건 해나가 처음 입수했던 곳 주변에 휴대폰을 떨어뜨렸을 가능성이 높다는 뜻이기도 하고요."

북서쪽에서부터 바람이 불어왔다. 저수지의 물결이 바람의 방향에 따라 일렁거렸다. 주위를 둘러싼 숲에서도 나뭇가지들이 흔들리면서 '새'한 소리를 내기 시작했다. 백설기처럼 새하얀 눈밭으로 변했을 이곳에서 해나는 마지막까지 어떤 생각을 하고 있었던 걸까? 그때 저수지 아래에서 스킨스쿠버 동아리 회원들이 소리쳤다.

"여긴 준비가 끝났습니다, 회장님!"

"평가시험에서 1등을 한 게 오히려 해나에겐 독이 됐을 수도
있어요. 그 때문에 해나를 주시하는 사람들이 많았거든요. 쟨 좀
다르지 않을까, 하는 막연한 기대감 같은 거요. 저 또한 그랬으
니까……."

"해나도 잘하려고 무척 노력을 했을 거고요?"

"네. 한동안 실적도 좋았어요. 모두에게 칭찬을 들을 정도로."

80킬로그램은 나갈 것 같은 거구의 여자는 올해 스물두 살이
되는 예비 대학생이었다. 소연처럼 수능시험을 쳤고, 부산에 있
는 대학에 합격한 상태였다. 회사를 그만두고 진학을 하게 된 계
기에 대해선 "제 자신에게 약간의 보상이라도 해주고 싶었어요"
라고 말했다.

"물론 대학을 나온다고 해서 밑바닥 인생이 바뀔 거라곤 생각
하지 않지만요."

형편에 맞지 않게 늦깎이 대학생으로 살아간다는 사실이 부
끄러운지 그녀는 얼굴을 붉히며 말했다. 정글 같은 곳에서 3년
가까이를 버틴 사람치곤 아직 순수함이 남아 있다고 김은 생각
했다.

학교는 다르지만 그녀 역시 해나처럼 현장실습생 신분으로
취업을 나왔다가 KC콜센터에 눌러앉은 케이스였다. 현장실습
생 중에 그곳에서 3년 가까이 버틴 직원은 자기뿐이라며 냉소를
짓기도 했다. 감기 기운이 있다는 그녀를 위해 이 과장은 커피

대신 따뜻한 유자차를 머그컵 가득 타서 사무실로 들어왔다.

"재판을 지켜보면서 변호사 선생님이라면 믿을 수 있겠단 생각이 들었어요."

"난 얼굴을 못 본 것 같은데……, 어디에 앉아 있었어요?"

"출입구 바로 앞에 있는 끝자리에요. 야구 모자를 눌러쓰고 있어서 눈에 띄지 않았을 거예요."

"얼굴을 가린 이유라도 있나요?"

"회사 사람들과 마주치기 싫었거든요……."

김은 고개를 끄덕인 뒤 일부러 화제를 돌렸다.

"해나를 처음 만난 건 언제였어요?"

"해나가 저희 부서로 발령을 받고 온 다음 날요. 같은 현장실습생 출신이라며 해나를 저에게 떠맡기다시피 했거든요."

"사수와 부사수처럼 말이죠?"

"네."

그녀가 대답했다.

"그럼 같이 업무를 보기도 했겠군요."

"2주 동안 옆자리에 근무하면서 제가 케어를 해줬어요. 전화 받는 요령에서부터 상품 소개나 해지를 원하는 고객들에 대한 완곡한 거절의 표현까지요. 물론 진상 고객들에 대한 대응도……."

"잘 따라왔나요?"

"해나요? 그럼요. 다른 실습생들에 비하면 훌륭한 편이었죠."

"그런데 왜……."

그녀는 김의 질문에 대답하는 대신 이 과장이 건넨 머그컵을 입으로 가져가 몇 번에 걸쳐 조금씩 유자차를 나눠 마셨다. 그리고 자세를 고쳐 앉은 뒤 말했다.

"제가 변호사님을 뵙자고 한 것도 그 때문이에요."

"해나의 자살에 대해서 하실 말씀이 있다는 거군요."

"네."

"죄송하지만, 그 전에 먼저 부탁드리고 싶은 게 있습니다."

"무슨······."

"녹취를 하고 싶은데요. 재판 중이라 제보자의 녹음 파일 역시 귀중한 증거자료가 될 수 있습니다. 물론 재판에 영향을 끼칠 수도 있고요."

그녀는 자신의 익명성을 보장받을 수 있다면 상관없다고 말했다. 김은 그녀에게 양해를 구한 뒤, 책상 서랍에서 보이스레코더를 꺼내 소파로 되돌아왔다. 전원 스위치를 누르고 녹취 파일의 이름을 직접 기입한 뒤 본격적으로 녹음에 들어갔다. 보이스레코더의 중앙에 있는 빨간 표시등이 깜빡거리며 녹음 중이라는 사실을 알렸다.

"이름과 나이, 회사를 다닌 연도에 대해 구체적으로 진술해주시겠어요?"

그녀가 머뭇거리자 김이 다시 입을 열었다.

"인터뷰 내용은 물론, 제보자의 신분은 본인의 동의 없이는 절대로 공개되지 않습니다. 걱정 마시고 편안한 마음으로 인터뷰에 응해주셨으면 좋겠어요."

그녀는 고개를 끄덕이면서 엉거주춤 대답했다.

"최희선이라고 합니다. 나이는 올해 스물두 살이고요, 2014년 9월에 KC로 현장실습을 나와서 2017년 2월에 직장을 그만뒀습니다."

"며칠 전에 회사를 퇴직했군요. 실례가 되지 않는다면 퇴직 사유에 대해 물어봐도 될까요?"

그녀는 경직된 표정으로 김에게 대답했다.

"개인 사정입니다."

"예를 들면…… 진학 같은 거요?"

"네……에."

긴장을 풀어주기 위해 김이 농담처럼 대꾸하자 그녀는 얼굴을 붉히며 쑥스럽다는 듯 미소를 지었다.

"해나와 같은 부서에서 일을 했어요."

"해지방어 2팀에서요."

"해나에게 실무를 가르치기 시작한 건 언제부텁니까?"

"2016년 9월 19일부터 30일까지요."

"그 뒤로도 친하게 지냈나요?"

"네. 같은 팀원으로 일을 했으니까요. 그리고 해나가 절 잘 따랐어요. 저 역시 해나를 동생처럼 대했고요."

"그랬군요……. 지금부터 본격적인 인터뷰에 들어가도록 하겠습니다."

그녀가 고개를 끄덕였다.

"저희 사무실로 찾아온 이유에 대해 먼저 알고 싶군요."

그녀는 마음의 준비를 하려는지 크게 심호흡을 한 뒤 김에게 천천히 입을 열었다.

4

직원 식당으로 내려간 해나는 식권 한 장을 꺼내 희선에게 내밀었다. 희선은 동그란 눈으로 해나를 보며 뭐냐고 물었다.

"저번에 언니한테 빌린 식권요."

희선은 어이가 없다는 듯 피식하고 웃음을 터뜨렸다.

"그건 그냥 내가 쏜 거잖아."

"그럼, 오늘은 제가 쏘는 걸로 할게요."

해나는 희선이 말릴 새도 없이 식권 두 장을 플라스틱 통 안에 넣고는 수저와 식판을 챙겨 들고 배식대로 향했다. 위생 마스크를 착용한 영양사와 담당 직원들이 식판에 반찬과 무침, 돼지불고기를 차례로 배식했다. 마지막으로 미역국을 들고 식당을 두리번거리고 있을 때 희선이 해나의 어깨를 툭 치면서 말했다.

"저기."

정수기 가까이에 있는 6인용 테이블이 비어 있었다. 해나가 고개를 끄덕이며 그녀와 함께 빈 테이블로 걸어갔다. 식탁을 마주 보고 앉은 두 사람은 천장 스피커에서 흘러나오는 음악 소리에 잠시 귀를 기울였다.

"오늘도 모차르트네."

"선곡은 누가 하는 거예요?"

"방재실에서 틀어준대."

숟가락으로 미역국을 뜨면서 희선이 대꾸했다.

"음악 좀 바꿔주면 안 되나……. 맨날 모차르트 아니면 쇼팽이라니."

"너 그거 몰라? 젖소 농장에서 모차르트 음악을 틀어주면 우유 생산량이 높아지는 거. 식물도 열매를 잘 맺는대."

"우리가 젖소는 아니잖아요."

투덜거리는 해나에게 희선은 보란 듯이 자신의 가슴을 도드라지게 내밀고는 장난스러운 표정을 지었다. 그녀는 덩치만큼이나 화통한 성격에 개그맨처럼 곧잘 농담을 건네곤 했다. 해나는 어이가 없다는 듯 미간을 찡그리면서도 미소를 잃지 않았다.

오후 열두시부터 두시 반까지 직원 식당은 사람들로 붐볐다. 식권 한 장에 4천 원 정도로 저렴한 편이어서 콜센터 직원뿐 아니라 다른 건물에서 일하는 외부인들도 자주 이곳을 애용했다. 희선은 해나와 점심을 먹고 교육장이 있는 건물 꼭대기 층으로 올라가 편의점에서 파는 천 원짜리 아메리카노를 마시며 점심시간이 끝날 때까지 수다 떠는 걸 좋아했다. 그나마 회사에서 받는 스트레스를 풀 수 있는 방법이기도 했다. 하지만 해나가 정식 팀원이 된 이후부터 사수 노릇을 하던 희선도 느긋하게 식사를 할 수 없었다.

나이는 어리지만 현장실습생들 사이에선 똑순이로 불리는 해나를 희선은 좋아했다. 자신과 비슷한 가정 형편 때문인지도 몰랐다. 친동생처럼 애정이 가는 해나에게 희선은 업무에 필요한 몇 가지 요령을 귀띔해주기도 했다. 예를 들어서 젊은 고객들이 중년이나 장년 고객들에 비해 다루기 쉽다든가, 노인 고객들 중에 의외로 미끼상품에 현혹되는 경우가 많다는, 실적에 꼭 필요한 팁들이었다. 그리고 지금까지 해나는 희선이 기대했던 것 이상으로 콜센터 업무에 잘 적응하고 있었다.

식사를 거의 끝마쳤을 무렵 같은 부서에서 일하는 현장실습생한 명이 창백한 얼굴로 식당 안으로 들어섰다. 그녀는 초조한 모습으로 주위를 두리번거리다가 희선과 해나를 발견하고는 곧장 두 사람이 앉아 있는 테이블로 다가왔다. 그녀는 비어 있는 해나의 옆자리에 앉자마자 해지방어팀 팀장에 대해 말을 꺼냈다.

"팀장님이 자살을 했대요."

희선이 놀란 표정으로 실습생을 바라봤다.

"뭐?"

"좀 전에 운영팀장님이 사무실로 내려오셔서 말씀하셨어요. 차 안에 연탄을 피워놓고……."

그녀는 뒷말을 잇지 못했다. 희선은 잘못 들은 건 아닌가 하고 자신의 귀를 의심했다. 이틀 전, 회식 자리에서도 전혀 이상한 낌새를 느낄 수 없었다. 평소처럼 유쾌하고 때로는 진지한 모습으로 부서 사람들과 대화를 나누었다. 옆에서 조용히 귀를 기울이던 희선과 해나에게 가끔씩 환한 미소를 지어 보이면서. 그런데 어떻게…….

실습생이 해나를 보며 말을 이었다.

"그리고 센터장님이 해나 씨를 찾고 있어요."

"센터장님이? 왜?"

희선이 물었다.

"그야 저도 모르죠."

도리질을 치며 현장실습생이 대꾸했다. 현장실습생을 용역회사 임직원이 아닌 갑사의 센터장이 직접 불러서 대면하는 경우를 희선은 이제껏 본 적이 없었다. 희선은 의아한 표정으로 해나를 곁눈질했다. 그동안 해나는 휴대폰을 꺼내 자신에게 온 문자메시지를 확인하고 있었다. 그러고는 곧장 자리에서 일어나 화장실로 뛰어갔다. 희선과 옆에 앉아 있던 실습생이 그녀의 이름을 불렀지만 해나는 대꾸하지 않았다. 그녀는 화장실 부스로 들어가자마자 문을 잠근 뒤 휴대폰의 메시지 화면으로 손가락을 가져갔다.

—미안하다.

새벽 네시가 넘어갈 무렵 팀장으로부터 온 문자는 그 내용이 전부였다. 업무 때문인지 팀장은 새벽까지 회사 사람들과 술을 마시는 날이 많았고 그럴 때마다 해나에게 문자나 톡을 보내왔다. '집으로 돌아가는 길인데 갑자기 보고 싶네'라는 작업성 멘트에서부터 '오늘 회사에서 안 좋은 일이 있었다고 들었어. 힘내고' 같은 직장 상사로서 보내는 평범한 내용까지 다양했다. 때문에 해나는 오늘 새벽에 온 팀장의 문자에도 크게 신경을 쓰지 않았다. 해나는 대변기 뚜껑을 닫고 그 위에 걸터앉아 한참 동안 휴대폰 화면만 내려다봤다. 팀장이 보낸 메시지를 여러 번 되풀이해 읽으면서.

'도대체 뭐가 미안하다는 거야.'

해나는 습관적으로 입술을 질끈 깨물었다.

*

"그날 식당에서 처음 팀장님의 자살 소식을 전해 들을 수 있었어요. 해나는 충격을 받았는지 밥을 먹다 말고 갑자기 화장실로 뛰어갔죠. 그때부터였을 거예요."

"뭐가 말입니까?"

희선은 멈칫거리며 김을 말없이 바라봤다.

"해나가 힘들게 회사를 다닐 수밖에 없었던 이유요……. 팀장님의 유서 때문에 회사가 발칵 뒤집혔거든요."

침울한 표정으로 말끝을 흐리는 희선을 바라보며 김이 조심스럽게 물었다.

"센터장이 해나를 찾은 이유가 자살한 팀장의 유서와 관련이 있었나요?"

희선은 고개를 끄덕이며 대답했다.

"아마도……."

"그 뒤로 해나에게 무슨 일이 일어났던 거죠?"

희선은 대꾸하는 대신 김에게 자신의 휴대폰을 내밀었다. 휴대폰에 찍힌 흑백 서류사진을 김은 멍하니 내려다봤다.

"뭐죠?"

"동의서예요. 그날 오후에 팀원별로 운영팀장님과 면담이 있었거든요. 운영팀장님이 직접 해지방어팀 직원들의 애로 사항을 듣기 위해 준비한 거라고 했지만, 실은 팀장님이 남긴 유서 때문이었어요. 실적 압박과 불법적인 영업을 부추기는 센터 운영에 대해 전수조사가 필요하다는 팀장님의 유서 내용이 방송을 타면서 문제가 되었다는 걸 나중에야 알게 됐죠. 노동부 감사가 있기 전에 그런 일이 없었거나 개선되었다는 직원들의 동의가 필요했던 거예요. 그리고 그 동의서의 사인을 해나가 받으러 다녔고요."

"해나가요?"

희선이 다시 고개를 끄덕였다.

"덕분에 해나는 직원들 사이에서 찍히다시피 했어요."

김은 선뜻 이해가 되지 않는다는 표정으로 희선에게 반문했다.

"직원들한테 찍히다니요? 그게 무슨 뜻입니까?"

"팀장님이 자살한 이유에 대해 우리 모두 공감하고 있었거든요. 해지방어팀 직원 중에 그런 생각을 한 번이라도 안 해본 사람은 아마 없을 거예요. 상담하면서 듣게 되는 저질스러운 말이나 욕설만큼 실적에 대한 압박도 심하니까요."

"그런데 해나가 회사에 동조라도 하듯 동의서를 받으러 다닌 거군요."

희선의 표정이 어두워졌다. 김은 길게 한숨을 내쉬었다. 누구보다 팀장을 잘 따랐던 해나가 동의서의 사인을 받으러 다녔다는 사실이 좀처럼 이해되지 않았다.

"자살한 팀장님은 현장실습생 위주로 해지방어팀을 꾸린 것에 대해 죄책감을 가지고 있었어요. 그 때문인지 저희에겐 잘해주려고 노력을 하는 편이었죠. 하지만 해지방어율과 영업이익이 분기별로 계속 떨어지면서 위에서 압박이 대단했다고 들었어요……."

희선은 잠시 말을 멈추고 호흡을 가다듬었다.

"거기다 팀장님이 돌아가신 후에 팀장님에 대한 나쁜 소문이 회사 내에서 돌기 시작했고요. 주로 사생활과 관련된 내용이었는데 빚이라든가 가정불화 같은 가정사가 대부분이었어요."

"해나와 팀장 사이의 관계에 대해서는요?"

"해나가 죽기 전부터……."

희선이 뒷말을 흐렸다. 김은 갈증이 일었다. 이 과장이 내려준 아메리카노를 입으로 가져가면서 그는 다시 질문을 던졌다.

"해나가 동의서를 받으러 다닌 이유는 그럼 뭘까요?"

"센터장님과의 면담이 있은 뒤여서 모두들 뒤에서 수군거렸어요. 한 번도 없었던 일이었거든요. 솔직히 저도 한동안 의구심을 가졌고요. 마지막 순간에도 팀장님은 저희를 걱정하고 있던 거니까……. 그걸 해나가 모를 리는 없었죠."

"피치 못할 이유가 있었을 거란 말인가요?"

희선이 수긍하듯 대답했다.

"네. 근로감독관이 내려왔을 때 자진해서 면담까지 받은 걸 보면요. 분명히 이유가 있었을 거예요."

5

희선의 이야기를 듣는 동안 김은 진상 고객들의 욕설이나 성희롱, 폭언뿐만 아니라 콜센터의 강도 높은 업무량에도 놀랐다. 아침 근무가 시작되기 전부터 회의를 하고—희선은 회의라고 말했지만, 팀원 중에 실적이 저조한 사람을 지목해 비난하고 창피를 주는 게 목적이었다—바로 주 업무인 전화 응대에 들어갔으며, 매시간마다 10분의 휴식 시간이 정해져 있지만 쉴 수 있는 여건은 안 된다고 했다.

"회사에서 권장하는 하루 콜 수량은 110콜이에요. 하지만 현실적으로 상담사 한 명이 하루 백열 통씩 전화를 받는 건 불가능에 가깝죠. 팀별로도 경쟁을 시키기 때문에 팀원들 간에도 눈치를 봐야 해요. 우리 팀의 경우엔 모두 열두 명이었는데, 화장실은 물론이고 담배 피우는 시간까지 아껴야만 했어요. 휴식률도 매시간 백분율 단위로 계산이 되어 나오니까 마음대로 자리를 비울 수도 없었고요."

"점심시간도 거르기 일쑤겠군요."

"네. 콜 수든 업셀링(연쇄판매)이든, 회사에서 만족하는 목표량을 채우기 위해선 1분, 1초를 아껴야만 했어요."

시간 단위로 상담사들의 실적이 순위로 매겨져 단톡방에 올라온다고 했다. 실적이 나쁜 상담사는 팀장에게 인격 모독에 가까운 욕설을 듣거나 근무시간이 끝난 뒤에 남아서 교육을 받아야만 했다. 고객들로부터 받는 스트레스만으로도 버티기 힘든 곳에서 해지방어율과 영업 압박까지, 한마디로 고3 실습생이 감당하기엔 벅찬 일이라고 희선은 털어놨다.

"하루 평균 여섯 건에서 일곱 건 정도는 폭언이나 협박, 성희롱이 섞인 고객들의 전화를 받게 되요. 그 스트레스는 겪어보지 않은 사람은 모르죠. 저희 상담사 중의 절반은 우울증에 원형탈모, 식도염이나 위염을 앓고 있어요. 거기다 회사 간부들에게까지 인격 모독에 가까운 욕설을 듣게 되면……."

희선은 마른기침을 하면서 유자차를 다시 입으로 가져갔다. 김이 그런 곳에서 3년 동안이나 버틴 건 대단한 일인 것 같다고 말하자, 희선은 아버지의 병원비 때문에 어쩔 수 없었다고 고백했다.

"폐암이셨거든요."

"지금은 어떠세요?"

"작년 겨울에 돌아가셨어요."

담담한 표정으로 희선이 말했다.

"아버지가 말씀하셨어요. 이제부터라도 네 삶을 살라고요. 더이상 당신에게 얽매여 살진 말라고……. 그리고 이틀 뒤에 갑자기 돌아가셔서 그게 아버지의 유언이 되어버렸죠……."

길게 한숨을 내쉬며 희선이 덧붙였다.

"오랫동안, 고통스럽게 지내셔서 저희 가족 모두 다행이라고 생각했어요. 적어도 저기……."

희선은 오른쪽 중지를 하늘로 치켜세운 채 말을 이었다.

"……에선 고통받을 일은 없을 테니까요. 해나도 그랬으면 좋겠어요."

희선의 이야기를 듣는 내내 김은 가슴이 답답해졌다. 김이 해나의 나이 땐 개인보다 조직이, 국가의 발전이 더 중요하다고 배웠다. 대를 위해 소를 희생하는 사회에 대해 한 번도 의구심을 가져본 적이 없었다. 개인의 희생을 통해 사회가, 국가가 번영할 수 있다면 충분히 그럴 가치가 있다고 믿었다. 하지만 그 사회와 국가가 우리의 것이었던 적은 없었다. 몇몇 독재자와 그들의 비호를 받고 있던 정치인, 사업가, 언론인 들의 것이었다. 30년이 지난 지금도 크게 달라진 건 없었다. 여전히 우린, 그들의 나라, 그들의 회사를 배불리기 위해 희생을 강요당하고 있으니까.

"해나와 팀장 사이는 어땠나요? 정말 회사에서 말하는 것처럼……."

"불륜 사이였냐고요? 그건 저도 모르겠어요. 해나는 자기 자신에 대해선 입이 무거운 편이었으니까요. 하지만 제 생각을 묻는 거라면, 절대로 그럴 리가 없다고 말할 거예요."

"그렇게 생각하는 이유는요?"

"해나를 누구보다 잘 알고 있으니까……."

희선이 김과 시선을 마주쳤다.

"팀장님이 자살하고 두 달이 지났을 무렵 해나는 다른 팀으로 배치를 받았어요. 근로감독관으로부터 회사가 무혐의 판정을 받은 날이었죠. 사전 통보도 없이 갑작스럽게 내려온 명령이었어요. 근데 그 새로운 3팀의 팀장은 회사에서도 꽤 유명한 여자였어요. 모두들 사이코패스라고 부를 정도로……. 그리고 그곳에서 해나는 문제가 많은 실습생으로 낙인이 찍혔죠. 결국 한 달도 지나기 전에 사건이 발생했어요. 해나가 사이코 팀장과 사무실이 떠들썩할 정도로 크게 다투었거든요. 그 때문에 해나는 4일 동안 법무부 소속의 대안교육 센터에서 무급으로 교육을 받아야만 했어요."

"처음 듣는 이야기군요."

"그때 해나가 휴대폰으로 제게 투덜거린 적이 있어요. 3팀장이 이상한 소문을 퍼뜨리고 다닌다고요."

"이상한 소문을요? 혹시……."

희선은 고개를 끄덕였다.

"그리고 모두들 알고 있었어요. 회사에서 찍히면 그 팀장이 저승사자처럼 나타나서 집요하게 괴롭힌다는 걸……. 제가 변호사님에게 말씀드리고 싶었던 이야기예요."

6

그제야 김은 자살한 팀장과 해나를 왜 '악어'와 '악어새'로 비유했는지 알 것 같았다. 반어적인 의미로 두 사람을 그렇게 표현했던 것이다. 회사 측의 입장에서 보면 해나는 악어새에 불과했으니까. 그리고 희선의 증언을 통해 한 개의 끊어진 연결고리도 찾을 수 있었다. 해나가 담임선생을 만나러 학교에 간 이유. 해나가 담임선생과 만난 날은 대안교육 센터에서 마지막 교육을 이수한 바로 다음 날이었다. 해나는 교육이 끝난 뒤에 회사가 아닌 학교로 향했던 것이고, 그건 무단결근을 뜻했다. 그런데 왜 담임선생은 자신이 해나를 불렀었다고 거짓말을 한 것일까?

희선과 함께 지하철역까지 걸어가면서 김은 그녀에게 한 가지 더 부탁하고 싶은 게 있다고 말했다. 희선은 "해나를 위해서라면 뭐든 도와드릴 수 있어요"라고 흔쾌히 김의 부탁을 받아주었다. 지하철 역사까지 그녀를 배웅하고 돌아온 김은 조 변호사가 건네준 해나의 녹취록 파일부터 찾았다. USB를 노트북에 꽂고 파일 검색에 들어갔다. 조 변에게 받은 녹취록은 두 개뿐이었지만 자살한 팀장과 해나의 마지막 목소리가 담겨 있는 소중한 자료였다. 김은 해나의 녹취록 폴더를 클릭해 파일이 온전하게 저장되어 있다는 걸 확인한 뒤에 휴대폰을 집어 들었다. 파일을 열어보기 전에 먼저 조 변호사에게 묻고 싶은 게 있었다. 그녀의 번호를 터치하자마자 곧 조 변호사의 목소리가 휴대폰에서 흘러나왔다.

"네, 선배님."

"몸은 좀 어때?"

"계속 좋아지고 있어요. 피로감도 덜하고……. 그런데 무슨 일이에요? 이 시간에……."

"이제야 알 것 같아."

"뭘요?"

"그때 조 변이 내게 했던 말……. '저 때문이에요, 해나는 살해당한 거나 마찬가지거든요'라고 말한 적이 있었지? 솔직히 고백하자면 조 변이 그런 이야길 하지 않았다면, 난 이 사건을 맡지 않았을 거야."

잠시 침묵이 지나갔다. 휴대폰 속에서 조 변호사의 신음 소리가 자그마하게 들려왔다.

"궁금한 게 있어. 팀장과 해나를 만났던 사실이 어떤 경로로 회사에까지 알려지게 된 거지?"

"어떻게 아셨어요?"

"그게 중요한 건 아니잖아."

또다시 두 사람 사이에 침묵이 지나갔다. 김은 그동안 '시미즈'에서 임 검사가 했던 말을 기억해냈다.

"제가 부주의했던 탓이에요."

조 변호사가 겨우 대꾸했다.

"그걸 변명이라고 하는 거야? 그 때문에 해나는……!"

김은 말을 하다 말고 길게 한숨을 내쉬었다. 조 변은 아직 안정을 취해야 하는, 2주 전에 암 수술을 받은 환자였다. 김은 흥분을 가라앉히기 위해 그런 사실을 되풀이해 떠올렸다.

"조 변도 알고 있었던 거지?"

"팀장이 자살한 뒤에요……. 해나와 마지막 인터뷰를 하면서 자연스럽게 알게 됐어요……. 지금까지도 후회되는 건 그때 해나에게 아무런 도움도 주지 못했다는 거예요. 소송 준비로 해나에게 신경 쓸 여유가 없었거든요."

"그렇게 소송에 목을 맸던 이유는 뭐야?"

"신문 연재를 위해 콜센터 상담사들을 취재하면서 그들의 고통을 함께 느낄 수 있었어요……. 특히 KC는 그쪽 업계에서도 매우 열악한 곳에 속했죠. 개선이 필요할 만큼요……."

조 변호사의 목소리는 떨리고 있었다. 여장부라는 별명을 가진 그녀도 해나의 죽음 앞에선 자유로울 수가 없는 것이다.

"증거자료로 만들었던 팀장과 해나의 녹취록 일부가 저쪽 회사의 변호인단으로 유출이 된 거 같았어요. 어떤 경로로 그들이 복사본 일부를 손에 넣었는지 밝혀내진 못했지만……, 그 때문에 해나가 회사로부터 제재를 받았을 가능성이 커요."

"그리고 그녀를 죽음으로 몰고 간 건 진상 고객들뿐만 아니라, 회사의 간부들이거나 학교 선생, 교육청의 공무원들이었지. 아무도 해나의 말에 귀 기울여주지 않았으니까."

김은 휴대폰을 바꿔 잡으며 말을 이었다.

"법무부에서 운영하는 대안교육 센터라는 곳을 알아?"

"대안교육 센터는 지역마다 있으니까요."

"해나가 그곳에서 4일 동안 교육을 받았다는 사실은?"

"아뇨……. 전혀 모르는 일이에요."

김은 희선이 앉아 있었던 소파로 눈길을 돌리며 말했다.

"해나와 같이 일했던 콜센터 직원이 있었어. 그녀도 해나처럼 현장실습생 출신이었지……. 그녀가 말하더군. 해나가 죽기 며칠 전의 일이었고……, 저승사자를 만났었다고 말야."

"무슨 소리예요?"

"조 변 말대로 해나는 가슴에 'A'라는 낙인이 찍혔던 거야. 그녀가 자살할 수밖에 없었던 이유였지."

7

해나가 교육받았던 법무부 소속의 대안교육 센터는 사회나 학교에서 문제아로 낙인찍힌 청소년들을 위한 교정 기관의 역할도 하고 있었다. 해나가 그런 교육 센터에서 비행 청소년들과 함께 4일 동안 교육을 받았다는 사실은, 내부고발자인 팀장과 함께 증언에 나섰던 해나의 신뢰도를 크게 떨어뜨릴 수 있는 일이었다. 거기다 두 사람 관계를 '악어'와 '악어새' 이상의 막장 드라마로 몰아간다면 더할 나위가 없었을 것이다. 김은 이 모든 것이 회사의 시나리오대로 흘러간 게 틀림없다고 생각했다.

오후엔 사무장으로부터 전화가 걸려 왔다. 나쁜 소식 하나와 좋은 소식 하나가 있는데 뭐부터 듣고 싶으냐고 물었다. 김이 그런 식상한 질문엔 대답하기 싫다고 버티자 사무장은 킥킥거리며 웃었다.

"나쁜 소식은 오늘 일진이 좋지 않아서 아무것도 발견할 수 없었다는 거예요."

"그럼 좋은 소식은요?"

"회원들 모두 휴대폰을 발견할 때까지 계속 수색 작업을 이어
가고 싶다고 말하더군요. 조를 짜서 출근하기 전이나 퇴근한 뒤
에 시간을 내기로 했습니다. 고마운 일이죠. 다들 직장 생활 하
느라 바쁠 텐데……."

"정말 감사할 소식이네요."

"해나의 죽음이 헛되지 않게 만들고 싶답니다. 그러니 변호사
님도 힘내시라고…… 아, 그건 제가 하는 말은 아니고요, 우리
회장님이 그렇게 전해달라고 했습니다."

"고맙다고 말씀드려주세요."

"감성돔급으로 쏘시면요. 그럼 생각해보겠습니다. 하하."

사무장과 통화를 끝낸 김은 필리핀에서 돌아오는 아내와 딸
을 마중 나가기 위해 서둘러 사무실을 나섰다. 퇴근 시간이 되
기 전에 두 사람을 데리고 집으로 가야 할 이유는 수천 가지였
다. 낙동강 하구와 접해 있는 김해공항 주변의 국도는 평일 낮에
도 정체가 심한 곳이었다. 김은 공항으로 향하는 동안 이어폰으
로 그동안 미뤄두었던 해나의 녹취록을 들었다. 대시보드 중앙
에 설치된 오디오의 플레이 버튼을 누르자 제일 먼저 조 변호사
의 목소리가 흘러나왔다.

조 변: 녹취 시간 2016년 10월 29일 오후 두시. 장소는 공단 ○○

빌딩 3층 ○○합동법률사무소입니다. 참고인 자격으로 KC콜센터의 현장실습생인 김해나와의 두 번째 인터뷰를 시작합니다. 해나 씨는 편안한 마음으로 인터뷰에 응해주시면 감사하겠어요.

해나: 네.

처음 들어보는 해나의 목소리가 이상하게 낯설지 않았다. 증인들을 통해 그동안 해나를 만나왔기 때문인지도 몰랐다. 김은 말없이 그녀와 조 변호사의 이야기에 귀를 기울였다. 비가 오려는지 자동차 앞창으로 물방울이 하나둘 떨어졌다. 남해고속도로에 막 진입했을 때, 조 변호사는 김이 궁금해했던 질문들을 던지기 시작했다.

조 변: 왜 그렇게 생각을 하죠?

해나: 저희 상담사에 대한 처우 문제도 언급을 하셨으니까요.

조 변: 유서 내용을 말하는 건가요?

해나: 네. 해지를 많이 시켜줘야 하는 상황이 오면 윗선에 불려 가 심한 욕을 들었어요. 콜 수에 대한 압박도 심하고 추가근무수당을 받지도 못했죠. 거기다 의무적으로 상품 판매까지 소개해야 했어요.

조 변: 해지를 원하는 사람들에게 상품 판매까지 강요했다는 말인가요?

해나: 네.

조 변: 고객들이 싫어하는 일이잖아요?

해나: 화를 내시는 분들이 많았지만 어쩔 수 없었어요. 회사의 방침이니까.

조 변: 할당된 콜 수는요? 외부적으론 그런 일이 없다고 하던데…….

해나: 강요가 없다곤 하지만 암묵적으로 그런 분위기가 있어요. 콜 수를 채우지 못하면 야근을 하거나 근무시간이 끝난 뒤에도 회사에 남아 관리자들이 내는 과제를 해야 하니까요.

조 변: 팀장이 자살한 뒤에 회사에서 동의서를 요구한 일이 있다고 들었어요.

(잠시 침묵)

해나: 노동청에서 근로감독관이 파견된다는 소문이 돈 직후였어요. 제가 직접 사인을 받으러 다녔죠.

조 변: 동의서의 내용은요?

해나: 팀장님이 유서에 남긴 불법적인 일들은 모두 개선이 되어서 더는 문제가 없다고…….

조 변: 강제성은 없었나요?

해나: 사인을 받기 전에, 계속 회사에 다닐 거라면 동의서에 사인을 하는 게 좋지 않겠어요, 같은 멘트를 날리라고 지시를 받았어요.

조 변: 누구에게요?

(다시 침묵)

조 변: 센터장과 독대를 했었다고 들었어요. 그런 일이 전에는 없었다고 하던데…….

189

해나: 팀장님이 경제적으로 쪼들리게 된 건 투잡으로 시작한 식당이 어려워지면서부터예요.

조 변: 무슨 뜻이죠?

해나: 사내에 떠도는 소문은 모두 거짓말이라고요.

조 변: 아, 네…….

해나: 그리고 남겨진 가족을 위해 제가 할 수 있는 일은 뭐든 해야만 했어요. 제가 어떻게 행동하느냐에 따라 팀장님 가족에게 돌아갈 위로금과 퇴직금의 액수가 결정될 거라고 하셨거든요. 제가 꼭 사인을 받으러 다녀야 하는 이유이기도 하다고……. 양심이 있다면 그런 식으로라도 회사에 용서를 구하는 것이 바람직하지 않겠느냐고 말했어요.

조 변: 누가요? 센터장이요?

해나: 네…….

조 변: 왜요? 왜 그런 말을 해나 씨에게 한 거죠?

해나: 팀장님과 함께 변호사님을 만난 사실을 알고 계셨거든요.

조 변호사의 낮은 신음 소리가 뒤이어 흘러나왔다. 김은 자신도 모르게 핸들을 잡은 양손에 힘이 들어갔다. 해나가 적금을 깨면서까지 자살한 팀장의 가족에게 도움을 주고 싶었던 이유도 그 때문이었을 것이다.

센터장은 고의로 해나에게 그런 멘트와 함께 동의서의 사인을 받으러 다니게 했다. 동료 직원들로부터 멀어지게 한 뒤, 저승사자가 있는 3팀으로 해나를 보내기 위해서였다. 가슴속에서

190

뜨거운 무언가가 솟구쳐 올랐다. 동시에 그의 머리 위로 거대
한 날개를 가진 비행기가 굉음을 내면서 천천히 하강하기 시작
했다.

의자 뺏기 놀이

1

방청석에는 해나와 재석의 가족들, 회사 관계자 몇 명이 나와 있을 뿐이었다. 현장실습생의 죽음에 대해 궁금해하는 사람은 없었다. 사람들의 눈은 모두 헌법재판소로 향해 있었다. 대통령의 탄핵과 관련해 헌법재판소에서 어떤 결정을 내릴지에 모든 관심이 집중되고 있었다. 텅 빈 방청석 뒤로 야구 모자를 눌러쓴 희선과 조 변호사의 모습도 띄었다. 김은 그녀들에게 살며시 미소를 지어 보였다.

해나의 담임선생은 말쑥한 정장 차림이었다. 그는 증인 선서를 한 뒤 자리에 착석했다. 김은 잠시 재판정 정면에 붙어 있는 법원 마크와 판사석 옆에 게양된 태극기로 시선을 돌렸다. 그리고 자리에서 일어나 천천히 증인석으로 걸어가는 후배 검사의 모습을 뒤쫓았다. 담임선생은 담담한 표정으로 임 검사와 시선을 마주쳤다.

"선생님은 피해자와 금요일 오전에 학교에서 만났습니다. 맞습니까?"

임 검사가 담임선생에게 질문을 던졌다.

"네."

"그녀를 부른 이유는 뭐였습니까?"

"회사에서 약간의 불미스러운 사건이 있었습니다. 그 때문에 회사에서 학교로 연락이 왔고요……. 자초지종을 듣기 위해 해나를 불렀습니다."

임 검사는 판사석 쪽으로 몸을 향한 채 물었다.

"불미스러운 사건이란 게 뭐였죠? 지금 여기서, 간략하게 설명해주실 수 있나요?"

"업무 태도 불량과 상관에 대한 불복종……."

담임은 변호사석에 앉아 있는 김에게 잠시 눈길을 돌린 뒤 말을 이었다.

"그리고 사생활과 관련된 내용이었습니다."

"사생활이라고요?"

"네. 음주 문제와 미성년자임에도 불구하고 회사 내에서 담배를 피웠던 모양입니다. 게다가……."

담임선생은 뒷말을 흐린 채 임 검사와 다시 시선을 마주쳤다. 임 검사는 말없이 자신의 자리로 되돌아갔다. 그리고 복사한 서류를 김과 판사에게 건네주면서 차분하게 입을 열었다.

"지금 제가 나눠드린 서류의 첫 번째 페이지를 보시기 바랍니다. 해나가 직접 자필로 쓴 시말서입니다. 그 내용을 살펴보면 해나는 12월 첫째 주 목요일에 회사를 무단결근했습니다. 그다음 날에는 무단결근을 나무라는 3팀장에게 욕설과 함께 책상 위에 있던 물건을 던졌다고 나와 있고요……. 그리고 자신의 잘못된 행동에 대해 깊이 뉘우친다는 후회의 글로 마무리를 하고 있습니다."

임 검사는 다시 증인석으로 걸어가 담임선생에게 질문을 던졌다.

"이런 구체적인 내용에 대해 선생님도 알고 계셨나요?"

"3팀장님과 직접 통화를 했으니까요."

"피해자는 그 때문에 4일 동안 외부에서 교육을 받아야만 했군요."

담임선생은 증인석 앞에 있는 마이크로 상체를 숙이면서 대꾸했다.

"네……. 해나가 업무 스트레스 때문에 신경이 날카로워져 있는 것 같아 내린 결정이라고 들었습니다."

"3팀장님이 그렇게 말씀해주셨나요?"

"네."

"그리고 교육이 끝난 다음 날 피해자를 만난 거고요."

"그렇습니다."

임 검사는 피의자 신분으로 앉아 있는 재석에서 고개를 돌리며 다시 질문을 던졌다.

"그날 피해자의 모습은 어땠습니까?"

"평소처럼 의젓하고 씩씩했습니다."

"어떤 이야기를 나누셨나요?"

"자신의 행동에 대해 깊이 반성하고 있다고 했습니다."

"회사 다니는 게 힘들다거나 그만두고 싶다는 말을 한 적은 없었나요?"

"아무래도 첫 사회생활을 하는 거니까요. 학교에서 친구들과 함께 공부하며 지내는 것보단 힘들 수밖에 없었을 겁니다……. 대부분의 현장실습생들이 그렇게 말하곤 하니까요."

"피해자 역시 힘들다는 말을 했지만, 특별하진 않았다는 말씀이군요."

"그렇습니다."

임 검사는 변호사석으로 몸을 향한 채 다시 물었다.

"변호사 측에선 피해자의 자살이 회사의 업무와 관련이 있다고 주장하고 있는데요. 그에 대해선 어떻게 생각하십니까?"

담임선생은 목이 마른지 500밀리리터 생수병을 입으로 가져가 마셨다. 그런 다음 판사석과 변호사석을 번갈아 바라보며 입을 열었다.

"오랫동안 학생들 담임을 맡으면서 느낀 게 있습니다. 아이들을 좀 더 강하게 키워야 한다는 것이죠……. 현장실습생들을 만나면 대부분 푸념을 늘어놓거나 힘들다고 말하는 경우가 많습니다. 좀 전에 말씀드렸듯이 학교에서 친구들과 공부하며 지내는 것과는 비교할 수 없을 테니까요. 학생 신분에서 한 사람의 어엿한 사회인으로 첫발을 내딛는 중요한 과정에 있는 제자들에게, 전 언제나 이렇게 말을 합니다. '너희들은 대학 대신 취업을 선택한 사람들이다. 그만큼 너희에겐 힘든 시간이 될 수도 있다. 우리 사회가 학벌에서 자유로울 수 없다는 건 너희들도 잘 알고 있는 사실이고, 실제로 취업을 나가게 되면 그런 현실을 뼈저리게 느끼게 될 것이다. 하지만 그런 환경 속에서도 실력으로 당당히 인정받은 선배도 많았다는 걸 기억해줬으면 좋겠다. 조금만 더 참고, 조금 더 견디며, 열심히 노력하는 모습을 보여주기 바란다. 그게 너희의 미래를 위해서도 중요한 일이며, 그런 행동과 마음가짐이, 많은 기회로 되돌아올 것이기 때문이다'……라고 말입니다. 그날 해나 역시 제게 힘들다는 말을 한 건 사실입니다. 하지만 전 해나에게도 똑같은 말을 해줬고, 포기하기 전에 한 번만 더 생각해보라는 조언을 했었습니다."

조용히 담임선생의 이야기를 듣고 있던 임 검사가 만족스러운 표정으로 판사석을 돌아보며 물었다.

"그때 피해자는 뭐라고 했나요?"

"아무 말도 하지 않았습니다. 하지만 수긍하는 모습이었던 건 확실합니다."

"그렇게 확신하는 이유는요?"

"출근을 하겠다고 저와 약속을 했었거든요."

"그런데 아쉽게도……, 피해자는 선생님과의 약속을 지키지 못했군요."

고개를 끄덕이던 담임선생이 갑자기 피의자석에 앉아 있는 재석을 향해 큰 소리로 외쳤다.

"모두, 저 녀석 때문입니다. 저 녀석이 해나를 강간하고……, 학교의 얼굴에 먹칠을 한 겁니다!"

흥분한 담임선생이 자리에서 일어나려고 하자 판사가 주의를 줬다. 임 검사는 그런 모습을 기다렸다는 듯이 재석에게 다가갔다. 재석은 담임선생의 갑작스러운 행동에 몸을 움찔거리며 고개를 숙였다. 판사와 검사 그리고 법정에 있던 모든 사람들이 알아차릴 정도로 재석은 괴로워하는 모습을 보였다. 임 검사는 그런 재석을 내려다보며 피의자석 테이블 위에 손을 올려놓은 뒤 집게손가락으로 톡톡 소리를 냈다. 한동안 그런 자세로 서 있던 임 검사가 판사에게 말했다.

"제 질문은 여기까집니다."

임 검사의 행동이 마음에 들지 않았는지 판사의 표정이 굳어졌다. 그는 임 검사가 자기 자리로 돌아가는 것을 확인하면서 김에게 입을 열었다.

"반대 심문 시작하세요."

김은 판사석을 향해 가볍게 고개를 숙인 뒤 증인석으로 걸어나갔다. 담임선생은 긴장한 표정으로 김을 올려다보고 있었다. 학교에서의 면담 이후 그는 확실히 김이 자기편이 아니라는 걸 깨달았다. 담임에게 다가간 김이 그에게 먼저 인사말을 건넸다.

"증인석에 서주셔서 감사드립니다."

"변호사 선생 때문이 아니라 해나 때문입니다."

담임선생은 심기가 불편한지 퉁명스럽게 대꾸했다. 김은 쓸쓸한 미소를 지으며 그에게 질문을 던졌다.

"선생님은 1학년 때부터 해나의 담임을 맡고 계셨습니다. 학과의 학생 수가 작아서 3년 동안 반이 바뀌지 않았으니까요. 그래서 모두 형제자매처럼 지냈고, 본인 또한 학생들을 부모 못지않게 잘 알고 있다고 하셨습니다……."

"네."

담임선생은 경계하는 눈빛으로 대답했다.

"그 학생들 중에서 해나는 어떤 학생이었습니까? 2년 반 동안 해나를 지켜보면서 느낀 점을 말씀해주시겠어요?"

"어려운 가정환경에서도 강단 있고 늘 밝은 모습이었습니다. 학교 성적도 좋았고요."

"학급위원을 맡을 정도로 모범생이었다고도 하셨죠?"

"그렇습니다."

김은 깍지 낀 양손을 앞으로 내밀면서 담임선생에게 다시 질문을 던졌다.

"담배나 음주 문제를 일으킨 적은요?"

담임선생은 잠시 침묵을 지키다가 입을 열었다.

"없었습니다."

"그렇다면 해나는……, 현장실습생으로 취업을 나간 뒤부터 변하기 시작했군요. 검사님과 담임선생님의 말씀대로라면 말입니다."

대꾸하는 대신 담임선생은 미간을 찡그렸다. 김은 몇 발짝 더 그에게 다가갔다.

"여기서 한 가지 더 궁금한 건, 해나가 있었던 전(前) 팀에선 그런 일이 단 한 번도 없었다는 사실입니다. 평가시험에서 1등을 할 만큼 의욕도 넘쳤고요. 그런데 팀을 옮긴 뒤부터 해나는 근무 태도뿐만 아니라 영업실적까지 곤두박질치기 시작했습니다. 여러 가지 나쁜 소문에 오르내리기도 하면서요…….”

김은 방청객 쪽으로 시선을 돌리며 담임선생에게 물었다.

“해나가 갑자기 그렇게 변한 이유가 궁금하진 않으셨나요……? 제가 만약 담임이었다면 분명히 의구심을 가졌을 겁니다. 왜 해나가, 모범생이고 착했던 해나가, 상관의 말을 듣지도 않고, 술에, 담배까지 피우는 문제 실습생으로 변하게 되었는지요.”

“그래서 해나를 학교로 부른 겁니다!”

담임선생이 흥분한 목소리로 대답했다. 하지만 김은 고개를 갸우뚱거리며 그에게 다시 다가갔다.

“선생님께서 직접 해나를 학교로 부르셨다고요? 그 기억이 정말 정확한가요?”

“네.”

망설임 없이 담임선생이 응답했다.

“그렇다면 이상하군요. 제가 알고 있는 사실과는 다르니까요……. 그날……, 여기서 그날은 해나가 센터에서 교육을 마친 다음 날 금요일을 말합니다……. 해나는 출근하는 대신 학교로 찾아갔습니다. 담임선생님에게 회사를 그만두고 싶다는 말을 하기 위해서요.”

“그럼, 제가 거짓말을 하고 있다는 소립니까! 그날, 해나를 만난 건 저였습니다!”

담임선생이 흥분한 듯 소리쳤다. 그러나 김은 차분한 목소리로 반박했다.

"아니요. 선생님이 틀리셨어요. 그날 해나와 함께 있었던 선생님이 한 분 더 계셨으니까…… 3학년 취업 담당을 맡고 계신 남이영 선생님 말입니다."

순간 담임선생의 얼굴이 붉게 변했다. 그는 당황한 표정으로 방청객 주변을 힐끔거렸다. 그런 모습을 지켜보면서 김은 나직이 판사에게 말했다.

"남이영 선생님을 증인으로 신청합니다, 재판장님…… 그리고 지금 이곳에서, 방청객들과 함께 그녀의 이야길 들어주시기 부탁드립니다."

2

재판을 이틀 앞두고 김은 남이영 선생을 만나기 위해 그녀의 집 근처로 향했다. 그녀의 연락처는 며칠 전, 해나의 모교를 방문하고 돌아오던 날 오후에 학교 홈페이지를 통해 확인할 수 있었다. 담임선생과 인터뷰를 하는 동안 김은 남 선생을 따로 만나야 한다는 걸 깨달았다.

해나 사건으로 뵙고 싶다는 문자메시지를 보낸 지 3일 뒤에 그녀로부터 답장이 왔고, 어렵게 약속 장소를 잡을 수 있었다. 아파트 단지가 밀집해 있는 상가 근처의 한적한 커피숍에서 김

은 남 선생을 만나 제일 먼저 해나의 녹취록을 들려줬다. 그리고
해나가 왜 회사에서 낙인이 찍혀야 했는지, 왜 문제 실습생이란
오명을 쓴 채 외부의 교육 센터로 가게 되었는지에 대해서 차근
차근 설명을 했다. 그녀는 김의 이야기를 듣는 동안 눈물을 흘릴
정도로 힘들어했다. 해나에게 일어났던 일을 눈치채지 못했다
는 사실과 그런 그녀에게 아무런 도움을 주지 못했다는 사실이
남 선생을 괴롭혔다. 김이 테이블 위에 있는 냅킨 상자를 살며시
내밀었을 때 남 선생은 떨리는 목소리로 겨우 입을 열었다.

"맞아요. 해나가 갑자기 학교로 찾아왔었습니다⋯⋯."

그녀는 냅킨으로 코를 푼 뒤 종업원이 가져다준 따뜻한 아메
리카노를 마시면서 한동안 마음을 진정시켰다.

"그날은 일이 많아서 오전엔 진로상담실에서 꼼짝할 수가 없
었어요. 취업을 나간 고3 실습생들의 중간실적 보고서를 교장선
생님에게 제출해야만 했거든요. 오전 아홉시를 조금 지났던 걸
로 기억하고 있어요. 해나가 갑자기 상담실 문을 열고 들어왔죠.
그러고는 다짜고짜 저에게 회사를 다니고 싶지 않다고 말했어
요. 다시는 그곳으로 돌아가고 싶지 않다고요."

"이유에 대해서도 말을 했나요?"

"네⋯⋯. 하지만 당시엔⋯⋯."

남 선생이 입술을 깨물며 말을 잇지 못했다. 한동안 심호흡하
던 남 선생이 냅킨을 집어 눈 주위로 가져갔다.

"당시엔 해나에 대한 나쁜 소문이 많았어요. 회사에서도 해나
때문에 골치를 썩고 있다고 모두들 알고 있었죠. 그래서⋯⋯ 저

역시 해나의 말을 변명 정도로밖에…… 귀담아듣지 않았던 것 같아요. 그날도 무단결근을 한 거나 마찬가지였으니까요."

"그래서 어떻게 하셨습니까?"

"해나의 담임선생님에게 연락을 드렸어요. 해나가 지금 진로상담실에 와 있다고요."

*

진로상담실로 들어온 담임선생은 해나를 보자마자 큰소리부터 내기 시작했다. 회사에 전화를 걸어 해나가 또다시 출근하지 않았다는 사실을 확인한 뒤였다. 불성실한 업무 태도와 저조한 영업실적에도 불구하고 회사에서는 해나에게 한 번 더 기회를 준 것이라고 담임선생은 믿고 있었다.

"4일 동안 도대체 뭘 배우고 나온 거냐? 또 무단결근이라니! 책임감 없는 행동이라는 걸 정말 모르고 있는 거야?"

담임의 화난 목소리에 해나는 제대로 대꾸를 하지 못했다. 고개를 숙인 채 바닥만 응시하는 해나를 담임선생은 답답하다는 듯 내려다봤다.

"너 때문에, 내년엔 KC에서 취업 의뢰가 들어오지 않을 수도 있어. 그만큼 후배들에겐 피해가 가는 일이잖아. 이미 소연과 윤정이가 한 달도 버티지 못하고 회사를 그만둔 상태에서 해나 너까지 이런 식으로 행동을 하면……."

"차라리 그게 나을지도 몰라요."

담임선생의 고압적인 태도에 주눅 들어 있던 해나가 용기를 내서 반박했다. 하지만 목소리가 너무 작아서 담임선생은 알아듣지 못했다.

"방금 뭐라고 했어?"

해나는 크게 심호흡을 한 뒤 다시 입을 열었다.

"그런 회사라면 차라리 취업을 안 나가는 게 좋다고요."

담임선생은 해나의 대꾸에 어이가 없다는 듯 한동안 멍하니 있었다.

"무슨 뜻으로 그런 막말을 하는 거냐?"

"그 회산 실습생들을 한 번 쓰고 버리는 종이컵 정도로밖에 생각하지 않아요. 임금 계약도 이중으로 해가며 깎는 데다 성과급도 온갖 핑계를 대면서 주지 않고요. 그저 열 달 동안 값싸게 부려먹을 수 있는, 볼품없는 집안의, 머리 나쁜 공순이 정도로밖에 생각하지 않는다고요!"

순간 담임선생의 손이 해나의 얼굴로 향했다. 날카로운 소리와 함께 해나의 고개가 옆으로 돌아갔다. 놀란 남 선생이 자리에서 일어서며 담임선생의 이름을 불렀다.

"정 선생님!"

하지만 흥분한 담임선생의 귀에는 남 선생의 말이 들리지 않았다. 그는 굳은 표정으로 해나에게 계속해서 소리쳤다.

"자살한 팀장하고 공단에 있는 인권변호산가 뭔가 하는 빨갱이들을 만나러 다닌다더니……, 거기서 그렇게 가르치든?"

후끈거리는 왼쪽 뺨보다 담임선생의 말이 해나는 더 충격으로 다가왔다. 어떻게 담임선생의 입에서 그런 말이 나올 수 있는지 그녀는 이해할 수 없었다.

"어디서 그런 못된 것만 배워 와서는……. 그런 사람들과 어울릴 시간에 더 열심히 노력하며 일했어야지. 넌 입이 열 개라도 할 말이 없어."

해나는 회사 간부들과 똑같은 말을 하고 있는 담임선생의 얼굴을 천천히 올려다봤다. 그리고 깊은 절망감을 느꼈다.

"이번이 마지막 기회라고 생각해. 좀 전에 너네 팀장님하고도 통화를 했으니까……. 월요일에는 꼭 출근하는 거야."

"그래도 다니기 싫다면요?"

"어머니에게 전화를 할 거다. 그리고 회사에서 무슨 일이 있었는지 모두 말할 거야."

해나는 두 주먹을 움켜쥐었다. 그녀의 눈동자가 붉게 물들기 시작했다. 해나는 나오려는 울음을 억지로 참으며 겨우 입을 열었다.

"한 번만이라도……, 제가 왜 그런 행동을 했는지 물어볼 수는 없으세요? 전……, 전화벨 소리만 울려도 헛구역질이 나고 손발이 떨린단 말예요."

*

"하지만 정 선생님은 해나의 말을 더 이상 들으려 하지 않으셨어요."

증인석에 앉아 있던 남 선생이 말했다. 김은 끊었던 담배 생각
이 간절했다. 그는 해나처럼 주먹을 움켜쥐며 남 선생에게 질문
을 던졌다.

"그렇게라도 꼭 돌려보내야만 했습니까?"

남 선생의 눈에서 굵은 눈물방울이 떨어졌다. 마음을 추스르
는 데 얼마간의 시간이 필요한지 그녀는 한동안 대답하지 못했
다.

"취업률 조사가 3월 말에 끝나기 때문이에요. 그래서……, 해
나에겐 3월까지만 버텨보라고 다독일 수밖에 없었죠. 올해도 저
희 학교는 취업률 100퍼센트 달성을 목표로 하고 있었으니까요."

"취업률이 학생들보다 중요한 건 아니잖아요."

"그런 식으로 아이들 비위를 맞춰주다간 취업률이 곤두박질
칠 수밖에 없어요. 지금도 마찬가지지만 사회적 분위기라는 게
또 있는 거니까……. 다들 취업률, 취업률 하잖아요……. 청년
실업률을 낮추는 게 정부의 최대 현안이었던 만큼 다양한 혜택
을 제공해줬어요."

"재정지원 같은 것 말입니까?"

남 선생이 고개를 끄덕였다.

"교육청에선 취업률에 따라 편파적으로 재정지원을 해주고
있었어요. 선생님들도 마찬가지였죠. 성과급을 지급하는 방식으
로……."

"학교에서는 그만큼 더 많은 신입생을 뽑을 수도 있고요?"

"네……."

한동안 법정 안은 침묵에 휩싸였다. 방청석 앞자리에 앉아 있던 해나의 어머니가 훌쩍이기 시작했다. 김은 착잡한 심정으로 재판정 중앙으로 걸어갔다. 남 선생은 눈을 감은 채 정자세로 묵묵히 앉아 있었다.

"이런 글을 인터넷에서 읽은 적이 있습니다. '힘들고 지쳤다는 건 노력했다는 증거, 그만둘까 하는 건 지금까지 희망을 버리지 않았다는 증거……' 해나가 마지막으로 학교를 찾아갔던 건 바로, 그 희망을 버리지 않았다는 뜻이었죠. 하지만 아무도 해나의 진심을 들으려 하지 않았습니다. 시들어가는 소녀의 손을 누구도 잡아주지 않았죠. 그녀의 편이 되어줘야 했던 선생님들조차 말입니다……."

길게 한숨을 내쉰 뒤 김은 말을 이었다.

"모두들 타인의 시선과 말 속에만 존재하는 왜곡된 해나를 보고 있었던 겁니다……. 해나와 관련된 증언을 들을 때마다 전 깊은 절망감을 느껴왔습니다. 해나의 죽음에 대해 아무것도 밝혀진 게 없다는 사실 역시 절 힘들게 만들었고요……. 이 자리에 계신 모든 분들에게 묻고 싶습니다. 지금도, 해나가 피해자 때문에 차가운 저수지 속으로 몸을 던졌다고 생각하십니까?"

김은 묵묵히 앉아 있는 남 선생과 경직된 표정의 임 검사를 번갈아 바라보며 다시 입을 열었다.

"많은 것이 은폐되었고, 관련된 사람들은 거짓말을 하거나 침묵을 지키고 있습니다……. 하지만 곧 모든 진실은 밝혀질 거라고 전 믿고 싶습니다……. 과거 독재 권력과 함께 시작된 성장

위주의 경제정책은 빛과 함께 많은 그림자를 남겼습니다. 그중 하나가 현장실습생 제도입니다. 실업계 고등학생들에게 현장실습이란 적성과 전공을 찾아가는 중요한 과정이라고 할 수 있습니다. 그러나 학생들의 미래를 위해, 또한 훌륭한 기술 장인을 육성하기 위한 밑바탕이 되어야 할 현장실습생 제도가, 성과주의와 눈앞의 이익에만 눈이 먼 기업들의 이기주의에 값싼 노동력을 제공하는 수단으로 변질되어버렸습니다…… 참고 견디며 노력하라는 말은 우리 세대에서 끝내야만 합니다. 더 이상 경제성장이라는 말로 개인의 희생을 강요해선 안 됩니다. 희생보다는 개선이, 성장보다는 분배와 삶의 가치가 중요한 시대에 말입니다. 우리의 미래를, 우리 스스로 짓밟는 불행한 일은 결코 일어나선 안 될 것입니다…… 제 반론은 여기까집니다.”

판사는 한동안 판사석 등받이에 몸을 기댄 채 안경테만 만지작거렸다. 그는 변호사석으로 돌아간 김이 자리에 앉을 때까지 그런 동작을 반복했다. 그리고 검사석에 앉아 있던 임 검사에게 반대 심문은 없느냐고 물었다. 임 검사는 오른손을 턱으로 가져간 채 한동안 고민에 빠져 있다가 결심을 한 듯 판사석을 향해 입을 열었다.

“없습니다.”

임 검사의 말이 떨어지자마자 판사는 마이크 앞으로 얼굴을 가져갔다.

“그럼, 마지막 선고공판은 5일 뒤인 9일 오후 한시, 이곳 2호 법정에서 속개하겠습니다.”

'땅땅땅' 하고 법봉을 두드린 뒤 판사가 김에게 덧붙이듯 말했다.

"아, 그리고 김 변호사님. 해나의 녹취록 파일을 들어보고 싶은데…… 개인적으로 제게 제출해주실 수 있나요?"

김이 말없이 고개를 끄덕이자 판사는 그에게 살며시 미소를 지으며 방청객 쪽으로 눈짓을 했다. 김이 뒤돌아보자 어느새 방청석 앞자리로 다가온 조 변호사가 손을 흔들며 서 있었다. 그녀는 소리 대신 입모양만으로 김에게 외치기 시작했다.

'이-제-부-터-가 시-작-이-에-요!'

3

두 달 만에 여유로운 주말 오전을 가족과 함께 보낼 수 있었다. 김의 아내와 미진은 필리핀 현지인들처럼 피부가 까맣게 타 있었다. 시차적응—실제로 한국과 필리핀은 시차가 한 시간밖에 나지 않는다—이 힘들다고 엄살을 부리면서도 아내는 김에게 필리핀에서 사온 알로하셔츠를 입어보라고 닦달했다. 여름 시즌이 오면 입겠다고 말했지만 아내는 막무가내였다. 거기다 미진은 두 달 동안 필리핀에서 영어로만 대화를 나눴다면서 김에게 끊임없이 말을 걸어왔다. 마지막 학력고사 세대인 김에게 영어는 회화보다는 문법과 독해에 익숙한 편이었다. 덕분에 김은 두 달 동안의 겨울휴가가 끝났다는 사실을 실감할 수 있었다.

"그것도 모르는 아빠는 스투핏!"

미진의 야유에 심술이 난 김은 "너 영어의 여덟 품사에 대해 말해봐"나 "부사가 동사와 형용사, 부사를 꾸며주는 말이라는 건 알고 있지? 예문을 한번 들어봐라" 같은 말로 역공을 펼쳤다. 결국 미진은 화를 내면서 자기 방으로 들어가버렸다.

"왜 애를 놀리고 그래?"

아내가 딱딱하게 굳어 있는 2리터짜리 음식물 쓰레기봉투를 들고 부엌에서 다가왔다.

"좀만 기다려봐. 답을 말하려고 거실로 돌아올 테니까. 지금 신나게 찾고 있을 거야. 인터넷으로……."

도리질을 치며 아내가 입을 열었다.

"애나 아빠나……. 그건 그렇고 내가 몇 번을 말했어. 음식물 쓰레기봉투는 냉동실에 넣어두지 말라고."

"냄새가 나는 걸 어떻게 해, 그럼."

"음식물 쓰레기는 봉투에 넣기 전에 따로 모아서 말려야지."

"그럴 시간이 없었어."

"그리고 저 술병과 맥주캔들은……."

말하다 말고 아내는 피식하고 웃음을 터뜨렸다. 소파에 앉아 있던 김이 양팔을 올리며 "항복"이라고 외쳤기 때문이다. 아내가 그의 옆자리에 앉으며 물었다.

"조 변호사는 어때요? 수술은 잘 끝났어?"

"돌아온 여장부로 거듭나는 중이지."

"다행이네……. 재판은?"

"9일에 선고공판이 있을 거야."

"자신 있어?"

"그 친군 죄가 없으니까……."

아내가 김의 옆구리를 한 팔로 감싸 안았다. 김도 그녀의 어깨에 팔을 둘렀다.

"이번 사건을 맡으면서 느낀 게 많아."

"뭘?"

"나 역시 해나의 담임선생처럼 구시대 사람이라는 거……. 참고 견디며 경쟁하는 것에만 익숙하잖아. 그리고 그 대가로 받게 되는 등수, 연봉, 직책, 몇 평의 결과물 들……. 실제로 우리 삶에서 크게 중요하지 않은 것들인데 말야……. 그동안 미진이에게도 그런 삶을 강요하진 않았었나, 라는 반성도 좀 하게 되고……."

"나 들으라고 하는 말은 아니지?"

아내가 김을 올려다보며 물었다.

"찔려서 그러는 거야?"

아내는 김에게 수줍게 미소를 지었다.

"미진인 좀 더 다른 세상에서 자랐으면 좋겠는데…… 가능할까?"

아내가 말없이 그의 손을 잡았다. 두 사람은 한동안 텔레비전으로 시선을 돌렸다. 대통령의 탄핵 판결을 앞두고 한국의 보수가 몰락할지도 모른다는 우려 섞인 목소리가 뉴스를 통해 흘러나오고 있었다. 김은 어떻게 한 사람의 대통령이 한국의 보수를 대표할 수 있는지에 대해서 생각해봤다. 그건 마치 대기업 총수 일가가 망하면 한국 경제가 몰락할 것이라는 논리와 같은 맥락이었다. 그런 논리대로라면, 해나의 죽음 역시 심각하게 받아들여야만 할 것이다.

김은 희선의 이야기를 듣는 동안 한 가지 의구심을 떨쳐버릴 수 없었다. 해나가 3팀으로 옮긴 뒤에 겪어야 했던 일들에 대해서였다. 콜센터 업무에 잘 적응해가던 해나가 갑자기 변하기 시작한 이유에 대해서 김은 희선과 많은 이야기를 나눌 수 있었다. 전날 있었던 재판을 통해 보다 확실한 증거들이 필요하다는 사실도.

"해나가 조직적으로, 꾸준히 폭력을 당해왔다는 구체적인 증거들이 필요해요."

김이 그런 이야기를 꺼냈을 때 희선은 나름대로 방법을 찾아보겠다고 말했다. 그리고 오늘 오전, 희선으로부터 기다리던 연락이 왔다. 그녀는 인터넷을 사용할 수 있는지부터 물은 뒤, 다음 카페에 있는 사이트 주소 하나를 김에게 알려줬다.

"KC뿐만 아니라 R통신사에 다니는 직원들 모두가 사용하는 카페예요. 일부 간부들이 카페 회원으로 가입되어 있지만, 대부분의 회원들은 저처럼 현장실습생 출신이거나 말단 직원들이죠."

희선은 어제저녁 KC콜센터에서 일하고 있는 현장실습생과 직원들이 의사소통 공간으로 사용하는 카페에 접속해 해나와 관련된 제보를 받는다는 글을 올렸다. 운영자나 회사 간부들에 의해 강제 탈퇴를 당할 가능성이 있었지만 이미 퇴직한 희선은 상관하지 않았다. 그만큼 어떤 확신이나 기대를 가질 수 없는 상황이었지만 콜센터 상담사들의 반응은 달랐다. 희선의 예상과는 달리 글을 올린 지 세 시간 만에 다섯 개의 댓글이 달렸다. 다음 날 오전, 그러니까 희선이 김에게 전화를 걸어왔던 일요일 오전 열시 무렵에는 50개가 넘는 댓글이 올라와 있었다. 희선은 그런 사실을 전화로 김에게 알려왔던 것이다.

"댓글을 확인해볼 수 있을까요."

"제 아이디와 비번을 알려드릴게요."

곧 희선으로부터 문자가 왔고, 김은 그녀의 아이디와 비밀번호를 이용해 사이트에 접속할 수 있었다.

그들의 제보를 통해, 예상대로 해나가 3팀장은 물론 회사 측으로부터도 괴롭힘을 당해왔다는 사실을 확인할 수 있었다. '감빠스77'이라는 아이디는 근무가 끝난 뒤에도 해나는 회사에 남아 반성문을 써야 했다고 증언했다.

'낮에 고객과 나눴던 자신의 통화 내용을 한 자도 틀리지 않고 받아쓰기를 한 후, 빨간 펜으로 실수한 부분을 찾아 표시해야만 했어요.'

그리고 연대책임을 물어 팀원들도 똑같이 반성문을 써야 했기 때문에 해나는 3팀에서 왕따나 다름없었다고 고백했다. 아이디가 '빨강머리앤'이라는 직원은 해나에게 배당된 고객 명단 중에 유독 진상 고객들이 많아서 영업실적이 저조할 수밖에 없었을 거라고 털어놓기도 했다.

'덕분에 해나는 콜센터에서 가장 많은 욕설과 성희롱을 당하는 직원이었을 겁니다.'

그 밖에도 '정도위배'*를 해나에게만 엄격하게 적용해 성과급을 거의 받지 못하게 만들었다는 사실도 알 수 있었다. 김은 사이트에 올라온 제보들을 읽으면서 다시 한번 분노를 느꼈다. 그리고 집단이 개인에게 가할 수 있는 잔인한 폭력성에 대해 두려움을 느끼기도 했다.

"화면부터 캡처해두세요. 그다음엔 게시된 글을 모두 삭제해주시고요. 관리자들이나 간부들이 보기 전에요."

"제보한 사람들과 연락할 방법은 없나요?"

"이미 개별 아이디로 문자를 보냈어요. 저처럼 익명성이 보장된다면 해나의 죽음을 밝히는 데 많은 도움을 주실 거예요."

담담하게 말하는 희선에게 김은 감사의 말을 전했다.

"고마워요. 이렇게까지 신경 써줘서."

"아뇨. 솔직히 저도 댓글을 읽으면서 충격받는걸요……. 해나는 살해당한 거나 마찬가지라는 생각이 들었으니까요. 그런 회사에 제가 3년 가까이 근무했었다는 사실이 너무 끔찍해요."

희선은 더 이상 말을 잇지 못했다.

---

* 정도위배: 상담사들이 회사의 지침, 정도를 위배해 고객을 유도하면 안 된다는 정책. 실제로는 상담사의 성과급을 차감하는 용도로 사용됨. 금지어 및 금지행동은 '비교해보세요', '고려해보세요', '생각해보고 전화주세요'와 전화를 먼저 끊는 행위임. 두 번 어길 시 20퍼센트, 세 번 어길 시 30퍼센트, 그 밖에 어긴 횟수에 따라 50퍼센트, 100퍼센트까지 성과급이 차감된다.

4

김 역시 희선과 같은 생각이었다. 저수지로 향한 해나가 '버티고 버텨서 여기까지 온 거야'라고 재석에게 말했던 이유를 충분히 이해할 수 있을 만큼. 김은 캡처한 사진을 외장하드에 따로 저장한 뒤, 조 변호사의 휴대폰으로 전송했다. 그리고 그 밑에 '해나가 3팀으로 옮긴 뒤에 겪었던 일들이야. 다행히 제보자들이 있었고 개별적으로 접촉 중'이라는 추신을 달았다. 조 변호사는 재석의 재판이 마무리되는 대로 KC와 R그룹을 상대로 소송을 제기할 생각이었다.

문자를 보낸 지 10분도 지나지 않아 조 변호사로부터 연락이 왔다. 김에게 인사말을 건네는 그녀의 목소리는 울분으로 가득차 있었다. 화를 참기 위해 몇 번이나 그녀는 심호흡을 해야만 했다.

"개별적으로 접촉하고 있다고요?"

"응. 희선 씨가 그들 중 몇 명은 누군지 알 것 같다고 하더군. 희선 씨처럼 이미 회사를 그만둔 제보자라면 협조받을 가능성이 그만큼 높아지겠지. 회사의 눈치를 볼 필요가 없으니까."

잠시 뜸을 들이던 김이 다시 입을 열었다.

"그리고 말이야."

"네."

"첫 재판이 열린 뒤 임 검사가 내게 전화를 했었어. 만나서 할 이야기가 있다고."

"전에 말씀하셨잖아요."

"그때 조 변에게 말 안 한 게 있었어."

"뭔데요?"

"자살한 팀장과 해나 사이의 관계에 대해 제보한 사람. 임 검사는 제보자가 회사 내부가 아니라 외부에 있는 어느 사채업자라고 했거든."

"사채업자라니요? 그런 이야긴 팀장에게 들어본 적이 없는걸요."

조 변호사는 화난 목소리로 말을 이었다.

"그런데 왜 그 얘길 지금 하는 거예요?"

"그땐 중요하다는 생각을 미처 못 했어. 한쪽 귀로 듣고 한쪽 귀로 흘려보냈지……. 희선 씨와 인터뷰하기 전까진."

"앞뒤가 맞지 않는 말이에요."

조 변이 대꾸했다.

"나도 같은 생각이야. 사채업자라는 사람에 대해 알아봐야 할 것 같거든."

재석 사건을 맡으면서 김은 자살한 팀장과 해나에 대해 조직적인 은폐와 왜곡, 물타기가 있었다고 확신했다. 그 방법으로 사용한 것이 출처를 알 수 없는 추잡한 소문들이었다. 그리고 희선의 증언을 통해 다행히 그 실마리를 찾을 수 있었다. 해나가 희선과 나누었던 통화 내용, 새로 바뀐 팀장이 이상한 소문을 퍼뜨리고 다닌다는 해나의 불만, 해나가 3팀장에게 반항한 이유도 그와 관련됐을 가능성이 많았다. 조직적인 따돌림이나 괴롭힘

보다 해나를 힘들게 한 건 자살한 팀장과 자신에 대한 추잡스러운 소문들이었을지도 모르니까.

"사채업자에 대해선 제가 알아볼게요. 그쪽으로 활동하는 전문가가 있거든요……."

"만에 하나 회사에서 고용한 사람들이라면 조 변에게 꽤 매력적인 먹잇감이 될 수도 있을 거야."

"그게 사실이라면 톡톡히 대가를 치르게 하고 싶어요."

조 변호사의 목소리에서 김은 굳은 의지를 느낄 수 있었다.

"그나저나 이제 선고공판만 남았군요. 자신 있어요?"

"제보자들의 증언들이 좀 더 명확한 진실을 밝혀주겠지."

"아직 찾지 못한 해나의 휴대폰도요."

"응. 1심에서 무죄선고를 받는다고 해도 저쪽에선 항소하며 최대한 시간 끌기를 할 거야. 대법원까지 가며 재석을 끝까지 물고 늘어질 가능성이 크거든."

"그 생각을 미처 못 했네요. 정말 재석이 무죄라는 확실한 증거가 필요하겠어요."

"내가 저수지로 가야 하는 이유이기도 하지. 오늘 뭔가 좋은 일이 생길 것 같다고 사무장님이 말했거든. 스킨스쿠버 동호회 회장이 새벽에 돼지꿈을 꿨다고……."

"정말 그랬으면 좋겠네요."

"희선 씨에게 연락이 오면 다시 전화할게."

"네."

통화를 끝내려던 김이 덧붙이듯 말했다.

"그런데 말이야."

"네?"

조 변호사 되물었다.

"왜지?"

"뭐가요?"

"왜 날 선택했냐고. 주변에 아는 변호사들도 많았잖아."

"정말 몰라서 묻는 거예요?"

"응."

휴대폰 속에서 조 변호사의 희미한 웃음소리가 흘러나왔다.

"제가 아는 변호사들 중에서 선배가 가장 승률이 높았으니까요. 그만큼 재석이의 무죄를 꼭 밝히고 싶었고요. 거기다 전형적인 40대 중반의 경상도 보수…… 선배가 이 사건을 어떻게 바라볼지 궁금했어요."

"40대의 경상도 보수라니. 난 언제나 중도를 지향하는……."

"맞아요. 많은 사람들이 자신의 정치적인 색깔을 선배처럼 말하죠."

잠시 뜸을 들이던 조 변이 다시 입을 열었다.

"선배, 의자 뺏기 놀이 알죠?"

"물론."

"그 놀이에서는 이데올로기가 필요 없어요. 의자를 차지하기 위해선 진보도 보수도 의미가 없거든요. 오로지 생존만이 존재하죠. 제가 공단에서 변호사 생활을 하면서 배운 게 있다면 바로 그런 거예요. 시스템 자체를 의심하는 사람은 아무도 없었으니까. 절박한 사람이 많아질수록 눈앞의 이익에만 신경 쓰게 만들수 있어요. 의자 뺏기 놀이처럼요."

5

조 변호사가 말한 의자 뺏기 놀이는 자본주의를 은유적으로 상징하기도 한다. 언제나 의자의 수는 적을 수밖에 없고, 의자를 빼앗긴 희생자들이 계속 나와야만 게임을 이어갈 수 있는 악순환의 연결고리. 김 역시 눈앞의 의자를 뺏으려고 앞만 보고 달려왔다는 사실을 부정할 수는 없었다.
'그런데 뭐지, 이 개 같은 기분은?'

조 변호사와 통화를 끝낸 뒤 김은 외출복으로 갈아입었다. 정오를 넘어서면서 기온은 초여름 날씨처럼 무더워졌다. 정말 한국이 아열대기후로 변해가는 건 아닐까, 라는 생각이 들 정도로. 안방에서 나온 아내가 반팔 티셔츠 차림의 김에게 얇은 점퍼를 내밀었다.
"낮과 밤의 기온차가 심하잖아. 저수지 주변이라 오후에 기온이 떨어질 수도 있어."
"그래도 날 챙겨주는 건 당신뿐이네."
점퍼를 건네받으며 김이 말했다.
"이제 알았어?"

김은 아내의 뺨에 가볍게 키스를 했다. 아내는 김의 어깨를 두드리며 "너무 무리하진 마"라고 귓속말로 속삭였다. 김은 아내에게 미소로 응답한 뒤 휴대폰과 지갑, 자동차 열쇠를 챙겨 들고 곧장 지하 주차장으로 내려갔다.

시동을 걸고 사이드브레이크를 막 풀었을 때 사무장으로부터 연락이 왔다. 그는 이번에도 좋은 소식 하나와 나쁜 소식 하나가 있다고 말했다. 김은 대시보드 앞에 달린 전자시계의 시간을 확인하며 사무장에게 물었다.

"그렇잖아도 지금 저수지로 가려던 참이었는데…… . 뭡니까? 나쁜 소식은?"

"제가 내기에서 졌습니다. 회장님이 이기셨어요."

"네?"

사무장은 크게 웃음을 터뜨리며 덧붙였다.

"아, 정말 못 참겠네요…… . 좋은 소식도 지금 말씀드릴게요. 좀 전에 찾았습니다."

김이 확인하듯이 되물었다.

"뭘요? 휴대폰을요?"

"네, 휴대폰을요. 새벽에 돼지꿈을 꿨다고 하시더니…… . 들어간 지 30분 만에 발견을 했어요. 방수 기능 때문인지 상태도 멀쩡하고요. 충전만 시키면 당장이라도 작동이 가능할 것 같습니다."

"아! 정말 기다리던 소식이네요! 지금 당장 출발할게요."

상기된 표정으로 김이 소리쳤다.

"넵, 알겠습니다. 그네들에게 마지막 카운터펀치를 날려야 하니까요. 하하."

회동저수지로 가는 길은 몇 주 사이에 겨울에서 봄으로 완전히 탈바꿈한 모습이었다. 가로수의 앙상했던 나무 기둥에도 푸른 잎사귀가 돋아나고 있었다. 가톨릭대학 정문 주변은 OT를 준비 중인 예비 신입생들로 가득했다. 도로 앞까지 나와 있는 학생들을 통제하느라 인솔자들과 학교 경비원들이 진땀을 흘리고 있었다. 김은 서행운전으로 대학 정문을 빠져나갔다. 저수지 초입에 있는 축구장을 지나칠 땐 운전석의 차창을 열었다. 민물 특유의 물비린내와 함께 봄을 알리는 훈훈한 공기가 김의 뺨을 때렸다. 저수지의 색깔도 짙은 청색에서 옅은 루비색으로 바뀐 것 같았다. 김은 스피커에서 흘러나오는 김광석의 노래를 따라 부르다 볼륨을 조금 더 높였다.

첫 번째 신호등을 스쳐 갈 때쯤 사무장으로부터 또다시 전화가 걸려 왔다. 김이 통화 버튼을 누르자 조금 전과는 달리 사무장의 차분한 목소리가 흘러나왔다.

"지금 막 해나의 휴대폰을 확인했습니다."

"작동이 되던가요?"

김 역시 떨리는 목소리로 물었다.

"네. 자동차에서 충전을 시켰어요. 다행히 해나의 휴대폰에는 락이 걸려 있지 않더군요. 덕분에 찾아낸 게 있습니다."

"뭔데요?"

"해나가 자살하기 직전에 재석에게 보낸 톡이요. 와이파이나 인터넷이 순간적으로 먹통이었는지, 아마 그날 내린 폭설 때문인지도 모르겠어요. 전송에 실패한 글이 두 사람의 대화창에 남아 있었습니다."

"내용을 확인할 수 있을까요?"

"지금 바로 보내드리죠. 직접 읽어보시는 게 좋을 것 같거든요."

전화를 끊자마자 사무장으로부터 톡이 날아왔다. 김은 왼손으로 핸들을 잡은 채 오른손으로 휴대폰을 켜고 사무장이 보낸 톡을 확인했다. 사무장이 캡처해 보낸 사진에는 재석과 해나가 나눈 대화 내용들이 담겨 있었다. 재석이 해나에게 보낸 마지막 문자를 포함해 재판을 통해 알게 된 익숙한 내용들이었다. 그리고 재석의 휴대폰에서는 볼 수 없었던, 해나의 전송되지 못한 메시지가 고스란히 남아 있었다.

—마지막까지 나랑 함께 있어줘서 고마워. 언제나 내 편이었던 사람은 재석 선배뿐이었던 것 같아……. 베란다 창문으로 하늘이 밝아오는 걸 보면서 난 절망을 느꼈어. 이대로 영원히 월요일이 오지 않았으면 하고 바랐거든……. 미안하지만 나 대신 어머니와 동생들을 부탁해도 될까. 선배 착하니까 분명히 거절하진 못할 거야. 그렇지? ^^ 그리고…… 미안해.

익숙한 모텔 건물과 함께 갓길에 세워진 여러 대의 SUV 차량이 눈에 띄었다. 김은 속력을 천천히 줄이기 시작했다. 먼저 판사에게 해나의 녹취록과 함께 전송되지 못한 그녀의 문자메시지도 전해줘야 한다는 사실을 떠올렸다. 아니면 선고공판이 열리기 전에 재판부에 변론재개 신청서부터 제출해야만 했다. 김은 역류성식도염에 걸린 것처럼 둔탁한 가슴통증을 느끼며 검은색 코란도 밴 옆으로 차를 주차시켰다. 김의 차량을 알아보고 사무장이 운전석으로 다가왔다. 그는 차에서 내리는 김을 향해 나직이 말했다.

"변호사님 생각이 맞았어요. 하늘나라에 있는 해나도 기뻐할 겁니다."

김은 그에게 살며시 미소를 지으며 대꾸했다.

"담배 한 개비만 부탁해도 될까요?"

"끊으셨잖아요?"

김의 표정을 살피던 사무장이 말없이 담배를 꺼내 김에게 내밀었다. 두 사람은 머리를 맞대고 서서 담배에 불을 붙였다.

"동호회 회원분들은 모두 식당으로 모셨죠?"

"네. 전부 자기 일처럼 기뻐하고 있어요."

김은 고개를 끄덕이며 사무장에게 물었다.

"해나의 휴대폰은요?"

"아직 충전 중입니다."

사무장은 코란도 밴으로 걸어가 해나의 휴대폰을 가지고 나왔다. 마른 수건으로 감싼 휴대폰을 김에게 건네주며 사무장이 입을 열었다.

"개흙처럼 변한 저수지 바닥에서 휴대폰을 찾은 건 기적 같은 일이라고 모두들 말해요. 정말 운이 좋았던 거라고요."

"해나가 도와줬는지도 모르죠."

김의 말에 사무장도 같은 생각이라는 듯 미소를 지었다. 한동안 두 사람은 침묵을 지켰다. 김은 해나의 손때가 묻은 휴대폰만 만지작거렸다. 결정적인 증거를 찾았다는 안도감보다는 책임감이 더 강하게 김의 양어깨를 짓누르기 시작했다.

"조 변호사님 말씀대로 해나 사건은 이제부터가 시작이군요."

사무장이 담배 연기를 내뿜으며 말했다.

"네. 이제부터가 시작이죠……. 그런데 왜 이렇게 가슴이 답답한지 모르겠어요."

"사실, 저도 해나의 문자를 읽으면서 그런 기분이었습니다. 저렇게 담담한 필체로 글을 남길 줄은 몰랐거든요. 거기다……."

사무장은 길게 한숨을 내쉰 뒤 말을 이었다.

"해나의 휴대폰에 남아 있는 검색어를 확인해봤습니다. 회동 저수지라는 단어가 나오더군요. 재석을 만나기 이틀 전이었어요."

김은 말없이 고개를 끄덕였다. 얼마나 오랫동안 해나가 죽음에 대해 고민을 하고 있었는지 알 수 있는 대목이었다. 김은 꽁초가 된 담배의 불씨를 손으로 털어내면서 사무장에게 말했다.

"먼저 조 변에게 소식을 전해줘야 할 것 같아요. 담당 판사님하고도 통화해봐야 할 것 같고."

"그렇게 하시죠. 그럼, 저 먼저 가게에 들어가 있겠습니다."

사무장은 가볍게 허리를 숙인 뒤 해나와 재석이 머물렀던 횟집으로 향했다.

김은 자신의 휴대폰을 집어 들었다. 조 변호사의 전화번호로 통화 버튼을 누르려다 말고 문득 김은 해나의 휴대폰이 발견되었던 저수지 근처로 시선을 돌렸다. 햇볕이 내리쬐는 저수지의 물결은 잔잔하게 흔들리면서 옅은 빛을 반사하고 있었다. 물과 경계를 이루는 바닥에도 푸른 새싹들이 자라고 있었다. 저기에 서서 해나는 마지막으로 재석에게 문자를 보냈을 것이다.

어디선가 '새' 한 바람이 불어왔다. 김은 길게 한숨을 내쉬며 통화 버튼을 눌렀다.

6

9일 오후 한시, 다음 재판을 준비 중이던 김은 선고공판에 나가지 못했다. 아직 병가 중인 조 변호사가 대신 재석의 곁을 지켰다. 1심 판결은 김과 조 변호사의 예상대로 재석의 무죄로 확정되었다. 하지만 누구도 기뻐할 수 없었다. 임 검사는 곧바로 항소 준비에 들어갔다. 재석은 한 달 반 동안의 구치소 생활을 청산할 수 있었지만 방위산업체에서는 이미 해고를 당한 뒤였다. 그는 현역이나 공익요원으로 재복무를 해야 할지도 몰랐다.

구치소를 나온 재석은 제일 먼저 해나를 만나고 싶어 했다. 납

골당이 있는 영락공원으로 향하는 자동차 안에서 재석은 해나의 마지막 문자메시지를 확인할 수 있었다. 그는 공원에 도착할 때까지 울음을 멈추지 못했다.

1심 판결이 있은 다음 날 R그룹의 통신사는 더 이상 현장실습생들을 콜센터 상담사로 뽑지 않겠다고 언론에 발표했다. 자살한 실습생에 대한 도의적인 책임 또한 지고 싶다는 뜻을 밝혔다. 재석의 재판 결과는 1단짜리 기사로 부산의 두 일간지를 통해 실렸다. 그날 모든 언론과 텔레비전 뉴스는 헌법재판소로 향해 있었다.

나에게도 고3 시절이 있었다. 여름방학이 막 끝나갈 무렵이었던 것으로 기억하고 있다. 친구 J와 함께 현장실습생으로 취업을 나갔다. 그리고 한 달도 되기 전에, 돈을 모아서 미대를 가려고 했던 J가 오른쪽 손가락 세 마디를 잃었다. 잘려 나간 손가락은 찾을 수 없었고, 그곳으로 취업을 나가자고 했던 나는 한동안 죄책감에 시달렸다. 게다가 친구의 보상금 문제로 화가 나 있던 회사 측으로부터 서러움을 당해야만 했다. 그때 실습을 나갔던 회사와 학교, 선생님들에게 뜻하지 않은 상처를 받았던 나는 꽤 오랫동안 가슴속 깊이 생채기를 안고 살아갈 수밖에 없었다.

세월이 흐른 뒤, 우연히 한 여고 실습생의 죽음을 다룬 방송 프로그램을 보게 되었다. 그 프로그램을 보는 내내 나는 화가 나 있었다. 1인당 국민소득이 3만 달러를 넘어선다는 이때에도 전혀 달라지지 않은 현장실습생의 모습을 봐야 했기 때문이다. 그녀의 죽음이 남의 일처럼 느껴지지 않은 건, 나 역시 비슷한 기억을 가지고 있어서였다. 마지막 죽음의 문턱에서, 나는 끝내 그녀처럼 용기를 내지 못했다.

'해나'라는 가상의 소녀를 만든 이유이기도 하다. 몇 해 전, 좋은 평을 받았던 중편소설 「국선변호사, 그해 여름」의 주인공 '김'에게 해나 사건을 맡기기로 결심했다. '사회파 추리소설에 나타난 한국 사회의 어두운 그림자'라는 논문 주제에 맞춰 중편으로 쓸 예정이었지만 이야기의 구성과 플롯이 처음 분량과 달리 전체적으로 길어져버렸다. 논문으로 발표하는 대신 단행본으로 출간 결심을 한 이유다.

소설을 쓰는 내내 나의 고3 시절을 떠올리게 되었다. 지금은 홍대에서 자그마한 개인 디자인회사를 하고 있는 J와 자주 만나고, 중년이 된 고등학교 동창들과도 교우했다. 여전히 우리는 그때의 공돌이로 만난다. 아마 해나도 마지막 순간에 용기를 내지 않았다면, 지금쯤 그 시절을 떠올리면서 '힘들었지만 그때의 경험이 살아가는 데 도움이 되었어'라고 후일담처럼 말할 수 있지 않았을까? 물론 우리 사회의 시스템은 예나 지금이나 변한 게 없지만 말이다.

그런 안타까움으로 만든 나의 다섯 번째 소설이다.

2018년 겨울
김유철

콜24

© 김유철, 2018

초판 1쇄 인쇄일 2018년 12월 27일
초판 1쇄 발행일 2019년 1월 10일

지은이   김유철
펴낸이   정은영
편집   김정은
마케팅   이혜원 최지은
디자인   서은영 김혜원
제작   이재욱 박규태

펴낸곳   ㈜자음과모음
출판등록 2001년 11월 28일 제2001-000259호
주소   04047 서울시 마포구 양화로6길 49
전화   편집부 (02)324-2347, 경영지원부 (02)325-6047
팩스   편집부 (02)324-2348, 경영지원부 (02)2648-1311
이메일   neofiction@jamobook.com

ISBN 978-89-544-3958-9 (03810)

이 도서의 국립중앙도서관 출판시도서목록(CIP)은 서지정보유통지원시스템 홈페이지
(http://seoji.nl.go.kr)와 국가자료공동목록시스템(http://www.nl.go.kr/kolisnet)에서
이용하실 수 있습니다.(CIP제어번호: CIP2018040923)